Manfred Kyber
Puppenspiel – Neue Märchen

Manfred Kyber

PUPPENSPIEL
NEUE MÄRCHEN

MICHAELS VERLAG

MANFRED KYBER – »PUPPENSPIEL – NEUE MÄRCHEN«
Herausgegeben von Robert B. Osten

Bibliografische Information der Deutschen Nationalbibliothek:
Die Deutsche Nationalbibliothek verzeichnet diese Publikation in der Deutschen Nationalbibliografie; detaillierte bibliografische Daten sind im Internet über www.dnb.de abrufbar.

Copyright der Originalausgabe
© 1928 Manfred Kyber

Copyright dieser Ausgabe
© 2012 Michaels Verlag und Vertrieb GmbH

Dieses Werk einschließlich seiner Teile ist urheberrechtlich geschützt. Jede Verwertung außerhalb der engen Grenzen des Urheberrechtsgesetzes ist ohne schriftliche Zustimmung des MVV Verlags unzulässig und strafbar. Das gilt insbesondere für Vervielfältigungen, Übersetzungen in andere Sprachen, Mikroverfilmungen und die Einspeicherung und Verarbeitung in elektronische Systeme.

Coverdesign und Satz: Beringer Books · www.beringerbooks.de
Umschlagfoto: fotolia.com

Printed in EU
ISBN 978-3-89539-641-0

1. Auflage

INHALTSVERZEICHNIS

Puppenspiel 7

Herr Minutius im Gehäus 13

Der verliebte Pfefferkuchen 22

Die Geschichte von der hohlen Nuss 29

Der Meisterkelch 33

Die geborgte Krone 43

Die getupften Teufelchen 48

Tip-Tip-Tipsel 53

Archibald Pickelbeul 64

Porzellan 67

Mittsommernacht 73

Schlafittchen 81

Die neue Wohnung 88

Pantoffelmännchen 94

Der Drache mit dem Kaffeekrug 98

Der Mausball 103

Der Garten der Welt 108

Schloss Elmenor 115

PUPPENSPIEL

Es war eine sehr dunkle Nacht, als die alte Frau in ihrer Kammer im Bett lag und die Stunden zählte. Solche dunklen Nächte sind schlimm für die Menschen, die alt und einsam und müde geworden sind. Das bunte Leben ist eingeschlafen, und nur die Stunden schlagen wie aus weiter Ferne.

Eine dieser Stunden wird wohl bald meine letzte sein, dachte die alte Frau, denn ich bin sehr einsam und sehr müde. Das bunte Leben ist eingeschlafen, und ich möchte das auch tun. Es ist an der Zeit.

Aber die alte Frau konnte nicht einschlafen. Um sie herum standen lauter große, dunkle Puppen. Das waren die Gedanken aus einem ganzen vergangenen Leben. Gleich wirren Schattengestalten strichen sie im Zimmer umher und drängten sich um die alte Frau, einer nach dem anderen – Sorge und Kummer, Irrtum und Schuld auf den blassen Gesichtern. Es waren nur wenige freundliche Puppen darunter, und die wurden von den anderen beiseitegeschoben. Denn die dunklen Puppen waren stärker und waren entsetzlich lebendig, als hätten sich viele tausend Stunden des Daseins in einer einzigen Fieberstunde gestaltet, in einer einsamen Kammer und in einer dunklen Nacht, zu einem Puppenspiel des Grauens.

Und jetzt klang ein schriller Geigenton durchs Zimmer, eine neue Gestalt löste sich aus der Ecke am Ofen, ein dürrer, grauer Geiger trat heraus und spielte den Puppen zum Tanze auf. Die Puppen fassten sich bei den Händen und begannen zu tanzen, sie drehten sich immer wilder und wilder um die alte Frau, dass es ihr schwindlig und angst wurde und sie die Hände faltete, als wolle sie um Erlösung bitten aus dieser schrecklichen Gesellschaft der Einsamen. Der dürre, graue Geiger aber geigte weiter, und die dunklen Puppen drehten sich schneller und immer schneller mit irren Bewegungen – das Puppenspiel des Lebens ist ein verworrenes Spiel, und jedem geigt es der graue Geiger einmal in einer dunklen Nacht, in einer einsamen Kammer.

Mit einem Male aber schien es der alten Frau, als wichen die wirren Schatten zurück. Ein Lichtschein fiel aus dem Dunkel auf ihr Bett, und mitten im Lichtschein saßen drei andere Puppen, so hell wie das Licht, das sie umgab. Das waren die Puppen aus ihrer Kinderzeit, ein Harlekin, ein General und ein sehr schönes Mädchen, das mit den Augen klappen konnte. Die sahen anders aus als die dunklen Puppengestalten aus dem verworrenen Puppenspiel des Lebens, die so schattenhaft und schrecklich nach der Geige des grauen Geigers tanzten, und auf den alten, bekannten Gesichtern stand nichts von Sorge und Kummer und nichts von Irrtum und Schuld.

»Guten Abend, kleine Eva«, sagte der Harlekin.

Das war viele, viele Jahre her, dass jemand zu der alten Frau ‚kleine Eva' gesagt hatte.

Die Geige des grauen Geigers verstummte, der Lichtschein um die Puppen der Kinderzeit wurde immer größer und größer, und der alten Frau schien es, als wäre mitten in dunkler Nacht und unter dunklen Schatten der Friede zu ihr gekommen, der Friede, der einmal war vor vielen, vielen Jahren – im Lichtschein und mit drei Puppen.

»Guten Abend, kleine Eva«, sagte die Puppe, die mit den Augen klappen konnte, und lachte.

»Guten Abend, kleine Eva«, sagte auch der General und salutierte mit dem Säbel, der aus Pappe war.

Die alte Frau strich zärtlich mit den mageren Händen über das seidene Kleid ihrer Puppe, über den bunten Rock des Harlekins und die Uniform des Generals. Wahrhaftig, das waren sie, und sie waren wirklich wieder da, genauso, wie sie einmal da gewesen waren, vor vielen, vielen Jahren …

»Es ist so schön, dass ihr gekommen seid«, sagte die alte Frau, »ich bin alt und einsam geworden, und ich hatte solche Angst vor den schrecklichen Puppen, die nach der Geige des grauen Geigers tanzten. Da sehnte ich mich so sehr nach jemand, der mir helfen könnte, aber an euch habe ich gar nicht gedacht.«

»Du bist jetzt nicht mehr alt, kleine Eva«, meinte der Harlekin und klingelte mit den Schellen.

»Du bist ja noch viel schöner als ich, kleine Eva«, sagte die Puppe, die mit den Augen klappen konnte.

»Du brauchst dich auch nicht zu ängstigen, kleine Eva«, sagte der General, »zu dir gehören überhaupt keine anderen Puppen mehr, als wir drei. Die anderen werde ich schon verjagen.«

Der General zog den Säbel aus Pappe.

»Ich lasse jetzt Kanonen auffahren und schießen – Bumm!«, sagte er.

Kaum hatte der General ‚Bumm!' gesagt und den Säbel aus Pappe gezogen, da verschwanden alle die dunklen Schatten von Sorge und Kummer, Irrtum und Schuld, samt dem grauen Geiger und dem ganzen verworrenen Puppenspiel des Lebens. In der Kammer war es ganz hell geworden und ein leise singender Ton war darin, wie ein lange vergessenes Kinderlied.

Der alten Frau aber schien es, als wären der Harlekin, die Puppe, die mit den Augen klappen konnte, und der General plötzlich sehr groß geworden, und als sei sie selber wieder so klein wie ein kleines Kind.

»Siehst du, dass du nicht alt geworden bist«, meinte der Harlekin, »du bist ja ein kleines Mädchen.«

»Besieh dich doch einmal im Spiegel aus der Puppenstube, da ist er«, sagte die Puppe, die mit den Augen klappen konnte.

Da guckte die alte Frau in den Puppenspiegel und sah, dass sie wieder ein kleines Mädchen war, mit hängenden Zöpfen und im kurzen Kleid.

»Das verworrene Puppenspiel des Lebens ist aus«, rief der General, »ich habe es davongejagt. Bumm!«

Und er schwang seinen Säbel aus Pappe.

»Das ist doch so lange her, dass ich euch in die Schublade gelegt habe«, sagte die alte Frau, die wieder ein kleines Mädchen geworden war, »es ist nicht recht von mir, dass ich euch so vergessen habe.«

»Die Menschen sollten mehr an ihr Puppenspiel aus der Kinderzeit denken«, sagte der Harlekin, »dann wäre das Puppenspiel des Lebens nicht so traurig und nicht so verworren. Aber wir vergessen die Menschen nicht, die mit uns gespielt haben.«

»Nein«, schrie der General, »wir kommen sie holen, wenn sie wieder Kinder werden sollen. Hurra! Bumm!«

»Wo seid ihr bloß so lange gewesen?«, fragte die alte Frau.

»Natürlich nicht in der Schublade«, sagte die Puppe, die mit den Augen klappen konnte, »wir sind gleich in den Himmel gegangen, denn es fällt uns nicht ein, auf der Erde zu bleiben, wenn ihr keine Kinder mehr seid.«

»Wo ist denn der Himmel? Ist er sehr weit?«, fragte die alte Frau.

»Der Himmel ist im Nebenzimmer, kleine Eva«, sagte der Harlekin freundlich, »der Himmel ist nämlich immer im Nebenzimmer, ganz nahe bei euch. Bloß merkt ihr nichts davon, weil ihr nicht daran denkt.«

»Und da seid ihr gleich ins Nebenzimmer, in den Himmel gegangen? Ist das denn so leicht? Ich kann mir das gar nicht so vorstellen.«

»Natürlich«, sagte der General, »ich habe einfach meinen Säbel aus Pappe gezogen und meine Kanonen auffahren lassen. Da gingen die Türen des Himmels auf. Bumm!«

»Der General hat immer noch einen etwas großen Mund«, sagte die Puppe, »das bringt sein Beruf so mit sich. Mit dem Himmel aber war es doch anders. Wir haben erst bloß ein bisschen die Türe aufgemacht und zum Spalt hineingeguckt. Da stand ein Engel und sah uns alle der Reihe nach an. Den Harlekin hat er dann gleich hereingelassen. Er sagte, das wäre einer von denen, die einfältig sind und denen immer das Herz schlägt beim Lachen und beim Weinen. Im Himmel wussten sie auch, dass der Harlekin, trotz all seiner Faxen, sehr hilfreich gewesen war und dass er mir meine verlorene Schleife aufgesucht und dem General herausgeholfen hat, als er einmal in die Waschschüssel gefallen war. Du kannst dich doch noch darauf besinnen, kleine Eva, wie der General in die Waschschüssel fiel und seine Beine schon ganz aufgeweicht waren?«

Der General liebte es nicht, an diese Geschichte erinnert zu werden.

»Bumm!«, schrie er und fuchtelte mit dem Säbel aus Pappe.

»Nach dem Harlekin ist dann auch der General in den Himmel

gekommen«, fuhr die Puppe, die mit den Augen klappen konnte, fort, »aber der Engel hat ihm zuerst ein Pflaster auf seinen großen Mund geklebt, und seitdem ist der Mund wirklich schon etwas kleiner geworden.«

»Und wie ist es dir ergangen?«, fragte die alte Frau.

Die Puppe klappte die Augendeckel herunter.

»Mich haben sie im Himmel schon ein bisschen stark ausgefragt«, sagte sie, »ich hatte zu viel Süßigkeiten gegessen und hatte auch etwas zu viel mit den Augen geklappt. Ich versuchte, zuerst zu schwindeln, aber das hat keinen Witz. Die im Himmel sind gar nicht so dumm und wissen alles. ‚Warum fragt ihr denn, wenn ihr das alles schon wisst?‘, habe ich gesagt, und da lachten sie und haben mich da gelassen.«

»Und wie wird es einmal mit mir sein?«, fragte die alte Frau, und ihr war bange geworden, denn sie war ja nun wieder ein kleines Mädchen, und es kam ihr doch schwierig vor, im Himmel so einigermaßen zu bestehen.

»Es kommen nicht alle so schnell in den Himmel«, sagte der Harlekin, »die meisten irren noch lange durch sehr viele Räume, bis sie begreifen, wie nahe ihnen der Himmel war. Aber dir wird es gehen wie uns allen dreien zusammen, denn du hast mit uns gespielt und hast von uns allen dreien etwas. Du hast zu viel Süßigkeiten gegessen und hast dazwischen ein bisschen zu sehr mit den Augen geklappt. Du hast auch manchmal Kanonen auffahren lassen und ‚Bumm!‘ gesagt. So werden sie dich schon gehörig ausfragen, und ein Pflaster auf den Mund wirst du auch kriegen, nur nicht ein ganz so großes wie der General. Faxen hast du auch gemacht wie ich, aber dein Herz hat immer geschlagen beim Lachen und beim Weinen, und dann bist du ja auch wieder ein Kind geworden. Die Kinder aber weist man nicht aus dem Himmel hinaus.«

Da taten sich die Türen des Nebenzimmers auf, und ein kleines Mädchen ging mitten in den Glanz des Himmels hinein, mit den drei Puppen aus seiner Kinderzeit.

Leise fielen die Türen hinter ihnen wieder zu, und der Tod schloss einer alten Frau die Augen.

Das verworrene Puppenspiel des Lebens mit Sorge und Kummer, mit Irrtum und Schuld war zu Ende.

Ein neues Puppenspiel begann, ganz nahe davon, im Nebenzimmer – im Himmel und im Kinderland.

HERR MINUTIUS IM GEHÄUS

In einem fernen, tiefen Tale, zwischen blauen Bergen, liegt das kleine Städtchen Dackelhausen. Dackelhausen hat niedrige, niedliche Häuser mit roten Dächern und grünen Fensterläden und mit blanken Messinggriffen an den Türen. Um die zierlich geschweißten Portale klettert wildes Weinlaub, in den Gärten davor blühen Nelken, Jasmin und Heckenrosen, verschlafene Hunde sonnen sich in den Gassen, und schnurrende Katzen sitzen auf den Bänken und putzen sich sorgsam mit der Pfote. Auf dem Brunnen vor dem Rathaus stehen drei Steinfiguren mit verdrießlichen Gesichtern, halb Mensch und halb Fisch, was sich sehr hübsch ausnimmt, und spucken Wasser aus ihren breiten Mäulern, tagein, tagaus.

Es ist alles geruhsam und still in Dackelhausen, so still und geruhsam, dass man es in allen Gassen und Winkeln hört, wie die fischartigen Herren auf dem Rathausbrunnen vor sich hin gurgeln. Freilich sind die Gassen von Dackelhausen auch nur wenige hundert Schritte lang. Dann besinnen sie sich und hören lieber auf. Zwischen dem Pflaster, das aus runden, dicken Steinen besteht, die wie Napfkuchen aussehen, wächst freundlich grünes Gras, und nur selten geschieht es einmal, dass ein Wagen wackelnd darüber hinwegfährt.

Ein ganz großes Ereignis aber ist es, wenn die Hofequipage Seiner Durchlaucht mit großem Getöse heranwalzt und Serenissimus und dero Mops darin sitzen und huldvoll nach allen Seiten grüßen. Dann stehen die Einwohner von Dackelhausen noch stundenlang auf demselben Fleck und können den Mund nicht schließen vor lauter Erstaunen. Das aber ist ein historisches Begebnis, und solch aufregende Aktionen werden nur zu besonderen Gelegenheiten der Welt geschenkt.

Für den Alltag war Dackelhausen geruhsam, und ebenso geruhsam waren seine Bürger und noch dazu von einer überaus hoch entwickelten Pünktlichkeit. Ein jeder tat, was er tat, nach dem Schlage der Turmuhr, und wenn auch ein jeder so wenig als möglich tat, dieses

Wenige tat er pünktlich. Der Bäcker nahm seine Brezeln nicht eher aus dem Ofen, bis eine bestimmte Stunde geschlagen hatte, und wenn ihm die Kringel auch völlig dabei verbrannten, der Apotheker drehte keine einzige Pille, wenn nicht genau die Zeit der besagten Pille gekommen war, und wenn jemand auch ein noch so erbostes Bauchgrimmen hatte – ja, man sagte sogar, dass die kleinen Kinder von Dackelhausen nur zu den hierfür amtlich vorgesehenen Monaten und Tagen geboren würden, sodass sie, vielleicht einem Gesetze der hohen astrologischen Kunst zufolge, sich alle so ähnlich würden wie ein Dackel dem anderen. Sotane Pünktlichkeit zu erzielen ist nur möglich bei einer über alle Maßen pünktlichen Obrigkeit, und eine solche hatte Dackelhausen. Denn der Ober- und Unterbürgermeister von Dackelhausen, welche zwei Ämter er in einer einzigen, sehr umfangreichen Person bekleidete, besaß eine ganz ungeheuerliche Pünktlichkeit, und außer dieser Pünktlichkeit hatte er einen Hut mit bunten Federn und einen sehr großen Säbel. Mit diesen drei Dingen regierte er, und jeden Abend sagte er zu seinen Bürgern, natürlich pünktlich und zu einer bestimmten Stunde: »Niemand unterstehe sich, vor sieben Uhr morgens zu frühstücken, denn erst um sieben Uhr frühstücken Serenissimus und dero Mops und speisen Kringel mit Kaffee. Und jedermann gehe pünktlich um zehn Uhr abends schlafen, denn um zehn Uhr abends geruhen Serenissimus und dero Mops zu entschlummern.«

Wenn er solches gesagt hatte, ging er aufs Rathaus, hing seinen Säbel an den Bettpfosten und schlief ein. Das Regieren macht müde und ist keine einfache Sache.

Dann schliefen alle Bürger von Dackelhausen pünktlich und fest, alle Männer, Frauen und Kinder, sogar die Hunde und Katzen, die doch sonst gerne des Nachts ein wenig im Mondschein spazieren gehen. Aber auch sie waren in Dackelhausen geboren und konnten sich dieser allgemeinen Pünktlichkeit nicht entziehen. Von den Ratten und Mäusen ist solches leider mit Sicherheit nicht zu eruieren gewesen. Auch der Nachtwächter von Dackelhausen schlief sogleich ein, nachdem er die zehnte ausgerufen hatte. Nie hätte er es über sich gewinnen können, zu wachen um eine Stunde, da Serenissimus und dero Mops und ganz Dackelhausen samt seinem Ober- und Unterbürgermeister in besseren Welten weilten.

So waren die Nächte von Dackelhausen stille, geruhsame Nächte. Nur die fischartigen Herren auf dem Rathausbrunnen gurgelten leise und emsig, und die Uhr auf dem Kirchturm schlug pünktlich ihre Stunden. Die Kirche von Dackelhausen sah ganz ähnlich aus wie die Häuser, wie sich das gehörte in einem Ort, wo alles schön gleichmäßig war und man sich so verwandt war wie ein Dackel dem anderen. Auch sie hatte ein rotes Dach, blanke Messinggriffe an den Türen und wildes Weinlaub über dem geschweißten Portal. Nur war alles ein wenig größer und vornehmer, wie sich das für eine Person in gehobener Stellung geziemt, und ihr schlanker Turm trug eine Mütze von grün gewordenem Kupfer.

Im Turm aber, auf halber Höhe, befand sich die Turmuhr mit all den vielen Rädern und Kolben und mit ihrem kunstvollen Schlagwerk. Man kann sich denken, dass die Turmuhr in dieser pünktlichen Stadt eine ganz besonders pünktliche Uhr war, wo ja doch alle nach ihrem Glockenschlag frühstückten, so wenig und so pünktlich als möglich taten und wieder schlafen gingen. So kündete sie gewissenhaft Stunde um Stunde, und bei jedem Stundenschlage öffnete sich eine kleine Türe, ein sehr dicker, kupferner Vogel, der einem überfütterten Hahne flüchtig ähnlich sah, trat gravitätisch heraus und schrie ‚piep!‘. Wenn er ‚piep!‘ geschrien hatte, zog er sich wieder zurück und knallte die Türe hinter sich zu. Und unter keinen Umständen erschien er wieder vor Ablauf einer Stunde.

Mitten im Uhrwerk aber, zwischen den vielen Rädern und Kolben und dem dicken Vogel, der ‚piep!‘ schrie, wohnte Herr Minutius im Gehäus.

O ehrsame und hoch achtbare Zunft der Uhrmacher, nimm es nicht für ungut, wenn ich dir bei aller Wertschätzung deines Wissens und deiner Kunstfertigkeit sagen muss, dass nicht du es bist, welche die Uhren gehen lässt; sondern solches tut, trotz deinem Richten der Zeiger und deinem löblichen Aufziehen der Federn, ganz allein nur Herr Minutius im Gehäus. Denn in jedem Uhrwerk lebt ein Uhrengeistchen, ein größeres in den großen, ein kleineres in den kleinen. Sie alle sehen ungefähr so aus, wie Herr Minutius im Gehäus, denn es ist immer dieselbe Familie.

Herr Minutius im Gehäus war dünn, grau und erschrecklich beweglich und lief auf weichen Filzpantoffeln unaufhörlich im Uhrwerk auf und ab, guckte nach den Rädern, Kolben und Federn, schob, feilte, glättete, putzte, rumorte, regulierte, murmelte, seufzte, schimpfte, lobte, tadelte und zählte ununterbrochen die Minuten und Sekunden. Er war eigentlich nur eine leibhaftige Unruhe in Filzpantoffeln, und die geringste Hemmung oder Störung verursachte ihm Beklemmungen. So war Herr Minutius im Gehäus beschaffen, und so ist seine ganze zahlreiche Familie, mit nur geringen Unterschieden.

Hoch im Gipfel des Turmes aber, über dem kunstreichen Uhrwerk und über Herrn Minutius im Gehäus, lebte beschaulich eine sehr achtbare Eulenfamilie.

Nun begab es sich einmal in einer schönen Sommernacht, die ein wenig schwül und drückend war, dass die alte Eule Migräne hatte. Alte Eulen haben des Öfteren Migräne. Es ist dies eine peinvolle, aber sehr vornehme Krankheit. Nur Leute von Stande, wie die Eulenfamilie, können sich das leisten. Es traf sich nun insofern gut, als es Nacht war und ganz Dackelhausen in tiefem Schlummer ruhte, und nur die fischartigen Herren auf dem Rathausbrunnen leise vor sich hin gurgelten und spuckten. Das war ein ferner und gleichmäßiger Laut und keineswegs unangenehm für die Migräne der Eule. Sehr ekelhaft aber war ihr der Gang des Uhrwerks im Turme und vor allem das abscheuliche Schlagen der Stunden mit dem Piepvogel, der schrie und die Türe hinter sich zuknallte.

Der Eulenvater tröstete seine leidende Gattin und machte ihr Kompressen, die er im nahen Bache vor der Kirche sorgsam anfeuchtete und ständig wechselte.

»Migräne ist vornehm, meine Liebe«, sagte er, »Serenissimus und dero Mops haben auch Migräne.«

»Ich weiß, dass es vornehm ist«, sagte die Eule, »aber es ist nicht vornehm, in einem Uhrwerk auf und ab zu rennen, jede Stunde geräuschvoll zu läuten, ‚piep!' zu schreien und mit der Türe zu knallen. Ich kann das nicht mehr aushalten, oh!«

Und sie stützte indigniert den Kopf in die Kralle.

Der Eulenvater verschwand eiligst mit einer Kompresse, um sie im Bach zu erneuern.

»Mausemarie«, sagte die Eule zu ihrer jüngeren Tochter, die zuletzt aus dem Ei gekrochen war, »fliege doch hinunter zu Herrn Minutius im Gehäus, sage, ich hätte Migräne und ließe bitten, das Stundenschlagen für diese Nacht zu unterlassen. Sage, Migräne sei eine peinvolle Krankheit.«

Die junge Eule flog nach unten, setzte sich an das Fenster vor der Turmuhr und sagte: »Mama bittet das Stundenschlagen für diese Nacht zu unterlassen. Mama hat Migräne.«

Herr Minutius im Gehäus knurrte vor Ärger.

»Ich würde Beklemmungen haben, wenn ich einmal unpünktlich wäre«, sagte er, »und bloß wegen Migräne!? Ich bin pünktlich, wir sind hier in Dackelhausen, meine Liebe.«

»Mama lässt sagen, Migräne sei eine peinvolle Krankheit«, sagte Mausemarie.

Herr Minutius im Gehäus aber lachte boshaft und bereitete emsig alles vor, um die zwölfte Stunde schlagen zu lassen. Er redete der Glocke zu, ein rechtes Gebrumme und Getöse zu machen, und riet dem Vogel, so laut, als er eben könne, ‚piep!' zu schreien und mit der Türe zu knallen.

»Mama«, sagte Mausemarie, »Herr Minutius im Gehäus hat gesagt, er würde Beklemmungen haben, wenn er unpünktlich wäre, und bloß wegen Migräne.«

»Bloß wegen Migräne, hat er gesagt? Das ist eine Rücksichtslosigkeit!«, rief die alte Eule und wandte sich zu ihrer älteren Tochter, die zuerst aus dem Ei gekrochen war. »Krallenklara«, sagte sie, »fliege hinunter zu Herrn Minutius im Gehäus und sage ihm, ich hätte Migräne und ich ersuche ihn dringend, das Stundenschlagen für diese

Nacht zu unterlassen. Sage nicht, ich ließe bitten, sage ich ließe ersuchen, und sage, Migräne sei eine sehr vornehme Krankheit.«

Die junge Eule flog nach unten, setzte sich an das Fenster vor der Turmuhr und sagte: »Mama ersucht Sie, das Stundenschlagen für diese Nacht zu unterlassen. Mama hat Migräne.«

Herr Minutius im Gehäus fauchte und spuckte vor Wut.

»Fällt mir nicht ein!«, schrie er. »Ich bin pünktlich, wir sind hier in Dackelhausen, meine Beste.«

»Mama sagt, Migräne sei eine sehr vornehme Krankheit«, sagte Krallenklara.

»Eulenbrut!«, keifte Herr Minutius im Gehäus, setzte die Räder in Bewegung, und die Uhr schlug zwölf dumpfe und dröhnende Glockenschläge. Der dicke Vogel sprang heraus, schrie ‚piep!' zu jedem Glockenschlage und knallte die Türe hinter sich zu.

»Mama«, sagte Krallenklara, »Herr Minutius im Gehäus hat ‚Eulenbrut' zu uns gesagt.«

»Entsetzlich!«, sagte die alte Eule und litt peinvoll unter den Stundenschlägen, dem Schreien des Piepvogels und dem Türenknallen. »Entsetzlich – wie ordinär!«

Der Eulenvater hatte gerade eine neue Kompresse herangeschleppt und hatte das alles mit angehört. Seine Federn sträubten sich, und er sah drohend und bedenklich aus. Mit großen, gleitenden Schwingen senkte er sich hinab, ergriff Herrn Minutius im Gehäus beim Kragen und setzte ihn unsanft unten vor die Kirchentüre.

»Bloß Migräne – haben Sie gesagt!? Eulenbrut – haben Sie gesagt!?«, kreischte er, zog Herrn Minutius im Gehäus die Filzpantoffeln aus und schlug sie ihm mehrfach um die Ohren.

Dann flog er wieder nach oben, um neue Kompressen zu machen. Herr Minutius im Gehäus aber blieb hilflos unten vor der Kirchentüre liegen, und das kunstvolle Uhrwerk im Turme stand still.

Der Morgen kam, und die Sonne weckte Dackelhausen. Die Hunde gähnten, und die Katzen putzten sich.

»Ist es nicht Zeit, zu frühstücken und Brezeln zu backen?«, fragte der Bäcker seine Frau.

»Es hat noch nicht sieben Uhr geschlagen«, sagte sie.

»Dann ist es Nacht«, meinte der Bäcker und schlief wieder ein.

»Ist es nicht Zeit zu frühstücken und die erste Pille zu drehen?«, fragte der Apotheker seinen Lehrling.

»Es hat noch nicht sieben Uhr geschlagen«, sagte er.

»Dann ist es Nacht«, meinte der Apotheker und schlief wieder ein.

Und so machten es alle Leute in Dackelhausen.

Aber allmählich wurden sie immer wacher, der Magen begann ihnen gewaltig zu knurren, und sie sehnten sich nach Kaffee und Kringeln.

Da zogen sie alle zusammen vors Rathaus und riefen den Ober- und Unterbürgermeister heraus. Der Ober- und Unterbürgermeister erschien im Schlafrock, mit dem Hut von bunten Federn auf dem Kopf und mit seinem großen Säbel.

»Was wollt ihr?«, fragte er und rasselte mit dem Säbel.

»Wir wollen Kaffee trinken und Kringel essen«, sagten die Bürger von Dackelhausen, »wir sind hungrig, und es scheint uns submissest, als ob es schon hell geworden wäre. Aber die Uhr hat noch nicht sieben geschlagen, die Uhr zeigt noch auf zwölf.«

»Dann ist es Nacht! Marsch in die Betten!«, rief der Ober- und Unterbürgermeister, »Serenissimus und dero Mops frühstücken erst um sieben Uhr. Wie dürft ihr euch erfrechen, jetzt Appetit zu haben?«

Das sahen die Bürger von Dackelhausen ohne Weiteres ein. Sie beschlossen nicht mehr hungrig zu sein und standen friedlich beisammen, einig und so ähnlich unter sich, wie ein Dackel dem anderen.

Der Ober- und Unterbürgermeister aber hatte verschwiegen, dass er selbst schon in der Speisekammer gewesen war, sich ein großes Stück Käse mit dem Säbel abgeschnitten und es zur Stärkung seiner Regierungsfähigkeiten verschluckt hatte.

»Aber die Sonne ist ja schon lange aufgegangen und es ist heller Tag!«, rief ein Kind und lachte.

»Die Turmuhr ist einfach stehen geblieben!«, rief ein anderes Kind und lachte auch.

Es ist schon öfters vorgekommen, dass eine hohe Obrigkeit samt allen ihren gehorsamen und pünktlichen Untertanen nichts von dem bemerkt und begriffen hat, was ein jedes Kind sehen kann.

Da marschierte der Ober- und Unterbürgermeister mit der ganzen Bürgerschaft von Dackelhausen zur Kirche, und der Uhrmacher stieg zum Turme hinauf, um die Uhr wieder in Ordnung zu bringen. Wie aber Herr Minutius im Gehäus den Uhrmacher erblickte, schlüpfte er ihm eiligst in die Tasche und ließ sich darin wieder auf den Turm hinauftragen. Und oben sprang er mit beiden Filzpantoffeln zugleich in das Uhrwerk hinein, und die Räder und Kolben bewegten sich wieder. Der Uhrmacher konnte keinen Fehler finden und wusste es sich nicht zu erklären, warum die Uhr stehen geblieben war. Es ist eben durchaus empfehlenswert, ja sogar notwendig, dass die ehrsame und hoch achtbare Zunft der Uhrmacher um das Geheimnis von Herrn Minutius im Gehäus wisse.

Um aber die Reputation der Ordnung und Pünktlichkeit von Dackelhausen zu wahren, ließ der Uhrmacher die Turmuhr, bevor er sie richtete, erst einmal sieben schlagen, auf dass man beruhigt frühstücken könne. So schlug die Glocke vom Turme sieben Stundenschläge, der dicke Vogel schrie ‚piep!', und dann knallte er die Türe hinter sich zu.

Der Ober und Unterbürgermeister rasselte mit dem Säbel und alle Bürger schrien ‚hurra!' und freuten sich, dass sie Kaffee trinken und Kringel essen durften. Es war ein großer Jubel und ein gewaltiger Lärm in der sonst so geruhsamen und pünktlichen Stadt, und es war nur ein Glück, dass die Migräne der alten Eule inzwischen durch die vielen Kompressen behoben war.

Dackelhausen liegt nicht nur in einem fernen, tiefen Tal und hinter blauen Bergen. Es liegt auch anderswo, vielleicht ganz nahe von hier – oder noch näher. Und es ist schon oft in der Weltgeschichte geschehen, dass ein großes, kunstvolles Räderwerk stille stand und dass eine hohe Obrigkeit samt allen gehorsamen und pünktlichen Untertanen der Meinung gewesen ist, es sei noch tiefe Nacht – und dabei war schon lange die Sonne aufgegangen.

Und das alles bloß, weil eine alte Eule Migräne hatte.

DER VERLIEBTE PFEFFERKUCHEN

Die vielen Pfefferkuchen, die zur Weihnacht in die Welt wandern, leben vorher alle in der Pfefferkuchenstadt im Märchenlande. Diese Stadt besteht aus lauter Pfefferkuchenhäusern, und in ihnen wohnen Pfefferkuchenmänner, Pfefferkuchenfrauen und Pfefferkuchenkinder, und dort werden sie auch alle geboren. Das heißt, sie werden eigentlich nicht geboren, sondern gebacken, und das ist immerhin ein kleiner Unterschied. Denn bei der Geburt waltet die Natur nach ihren weisen Gesetzen und es entstehen kunstvolle und regelmäßige Gebilde, während das Backblech über keinerlei geheimnisvolle Kräfte verfügt, sodass auf ihm die sonderbarsten Geschöpfe zutage treten. Ein aufgequollener Magen, zerflossene Beine, verschrumpfte Arme und ähnliche Abnormitäten sind unvermeidlich und werden von den Pfefferkuchenleuten ergeben und freundlich als eine Schickung betrachtet, die ihrer Familie eigentümlich ist. Nur wird sehr achtsam darauf gesehen, dass die Augen aus süßen Mandeln hübsch im Kopfe sitzen und die Rosinen und Korinthen im Leibe gleichmäßig verteilt sind.

Auch dürfen die kleinen Kinder nicht zu knusprig und nicht zu hell sein, nicht zu hart und nicht zu weich, und müssen eine angenehme braune Farbe haben. Beiläufig bemerkt, sollen die Rosinen nicht in den Kopf geraten, denn das hat schon wiederholt, und nicht nur bei Pfefferkuchen, zu unerquicklichen Begebenheiten geführt.

Das Backen der Pfefferkuchenkinder besorgen alte und sehr erfahrene Pfefferkuchenfrauen, sie kneten den Teig mit Andacht, mischen Nelken, Kardamom, Ingwer und Zimt darunter und formen kleine Pfefferkuchenleute daraus. Dann setzten sie ihnen süße Mandeln als Augen ein, drücken Rosinen und Korinthen in Magen, Arme und Beine und schieben die kleinen Pfefferkuchenkinder mit heißen Segenswünschen in den Backofen.

Wenn aber die kleinen Pfefferkuchenkinder ausgebacken sind, werden sie in der ganzen Stadt verteilt und mit Korinthen großgezogen. Natürlich kommen sie alle ein wenig verändert aus dem Ofen, bei dem einen ist der Magen aufgequollen, bei dem anderen sind die Arme verschrumpft oder die Beine zerflossen. Aber das ist unvermeidlich und wird von den Pfefferkuchenleuten als Schickung betrachtet, die ihrer Familie eigentümlich ist. Denn sie werden nun einmal nicht geboren, sondern gebacken.

Aber sie werden einzig und allein nur in der Pfefferkuchenstadt im Märchenland und nur von alten, erfahrenen Pfefferkuchenfrauen gebacken, nicht etwa bei uns, wie das noch immer manche Menschen behaupten. Das ist eine ganz irrtümliche Auffassung, die nicht scharf genug bekämpft werden kann. Es mag vielleicht hier und da einmal zutreffen, dass kleine Pfefferkuchen auch bei uns gebacken werden, aber die sind dann etwas ganz anderes. Die richtigen Weihnachtspfefferkuchen, die ein Gesicht und Arme und Beine haben, werden alle in der Pfefferkuchenstadt gebacken, und wenn sie einmal zufällig bei uns aus dem Backofen kommen, so sind sie eben auf diesem Wege aus dem Märchenlande hereinspaziert.

Zu Weihnachten wandern die Pfefferkuchenleute in großen Scharen auf die Erde, zu einer ganz bestimmten Stunde. Diese Stunde werde ich aber nicht sagen. Sonst würden alle neugierigen Leute aufpassen und sich hinstellen, um zuzusehen. Das würde die Pfefferkuchenleute stören, und sie kämen am Ende überhaupt nicht mehr auf die Erde. Was aber wäre Weihnachten ohne Pfefferkuchen?

Es ist freilich wahr, dass auch außerhalb der Weihnachtszeit Pfefferkuchen zu haben sind, aber diese werden von ihrer Familie gering geachtet und gelten als Abenteurer. Die richtigen Pfefferkuchenleute wandern alle zu Weihnachten auf die Erde, um sich an den Tannenbaum mit den brennenden Kerzen zu hängen und von den Menschen gegessen zu werden. Denn das ist ihre Bestimmung, und zwar wollen sie von Menschen und nicht von Mäusen verspeist werden. Warum, weiß ich nicht, und mir erschein es etwas einseitig, denn den Mäusen schmeckt es genauso gut wie uns, und sie wollen auch ihre Weihnacht feiern. Es ist das wohl nur eine törichte Etikettefrage, aber die Pfefferkuchenleute sind darin sehr eigensinnig, sodass die Mäuse sie nur ganz ausnahmsweise erwischen, wenn mal ein Pfefferkuchen nicht aufgepasst hat und vom Tannenbaum heruntergefallen ist. Das hat dann seine besonderen Gründe, und von einer solchen Geschichte will ich erzählen.

Es war nämlich einmal unter den vielen Pfefferkuchenleuten, die zur Weihnacht in die Welt gewandert waren, ein Pfefferkuchenmann dabei, der süße Mandelaugen und viele Korinthen im Leibe hatte, aber auch leider eine große und dicke Rosine im Kopf. Es ist gar nicht gut, wenn jemand Rosinen im Kopf hat, und bei einem gewöhnlichen Pfefferkuchen ist es sogar recht bedenklich. So dachte der Pfefferkuchenmann, dass er etwas ganz Besonderes wäre und darum auch etwas ganz Besonderes erleben müsse, etwas ganz und gar nicht Pfefferkuchenmäßiges, und das dachte er immer wieder, als er am Weihnachtsbaum hing und die Kerzen über und unter ihm brannten und der goldene Stern auf der Spitze der grünen Tanne auf ihn und alle anderen herabschaute.

Als nun die letzte Kerze am Weihnachtsbaum erloschen war und die Menschen schlafen gegangen waren, da guckte der Pfefferkuchenmann um sich und sah, dass neben ihm eine Pfefferkuchenfrau hing, freundlich und angenehm, bloß mit ein wenig zerflossenen Füßen. In der blauen Dämmerung der Weihnacht aber leuchtete der goldene Stern auf der Tanne. Nun ist es unter den Pfefferkuchenleuten Sitte, dass sie in blauer Dämmerung, wenn die letzte Kerze erloschen ist, sich gerne küssen, wenn sie sich erreichen können. Wenn sie sich aber nicht erreichen können, dann küssen sie sich nicht. Darin ist es bei den Pfefferkuchen genauso wie bei den Menschen. Trotzdem nun der Pfefferkuchenmann eine große und dicke Rosine im Kopfe hatte und eigentlich etwas Besonderes erwartete, überkam ihn jedoch beim Anblick der Pfefferkuchenfrau ein sehr angenehmes Gefühl, wie von Honig, Sirup und Zucker.

»Oh«, sagte der Pfefferkuchenmann zur Pfefferkuchenfrau und seufzte.

»Ach«, sagte die Pfefferkuchenfrau zum Pfefferkuchenmann und seufzte auch.

So beginnen ja die meisten Gespräche über die Liebe.

Und da sich die beiden erreichen konnten, so neigten sie sich zueinander und hätten sich beinahe geküsst, als die Pfefferkuchenfrau plötzlich etwas bemerkte, was eine Pfefferkuchenfrau durchaus nicht leiden kann.

»Sieh bloß die Tänzerin dort an«, rief sie entrüstet, »ist es nicht ein Skandal, wie sie mit den Beinen schlenkert?!«

Die Pfefferkuchenfrau hätte besser daran getan, den Mund zu halten, aber das kann keine Frau in einem solchen Falle, ganz gleich, ob sie ein Pfefferkuchen ist oder nicht.

Der Pfefferkuchenmann sah nach der anderen Seite. Dort wiegte sich eine kleine Tänzerin auf dem Tannenast mit schlanken, auf Draht gezogenen Armen und Beinen und mit einem Kleidchen von rotem Seidenpapier. Bei jedem leisen Luftzug drehte sie sich hin und her, wie das so leichte Personen begreiflicherweise tun müssen, und tatsächlich: sie schlenkerte mit den Beinen und wippte bei jeder Bewegung mit dem bunten Rocksaum. Sie war eben aus Papier.

Dem Pfefferkuchenmann traten vor lauter Wonne die Korinthen förmlich aus dem Leibe, und seine süßen Mandelaugen verrutschten völlig nach der Seite der kleinen Tänzerin.

»Das ist das Besondere«, sagte er, »und ich bin ja auch etwas Besonderes. Das ist etwas anderes als die Pfefferkuchenfrau mit den zerflossenen Füßen.«

Und die große, dicke Rosine in seinem Kopfe schwoll und schwoll.

»So etwas sollte verboten werden«, sagte die Pfefferkuchenfrau, »das ist eine leichtsinnige Person und sie gehört nicht auf den Tannenbaum. Der goldene Stern dort oben sollte das nicht dulden. Er ist hier die Polizei.«

Der goldene Stern auf der Spitze des Tannenbaumes aber war keine Polizei. Er schaute auf die fetten Pfefferkuchenleute mit den zerflossenen Beinen, auf die erloschenen Kerzen und auf die kleine Tänzerin aus Papier mit der gleichen Geduld und Güte. Denn es war der Stern der heiligen Nacht, und er hatte schon viele Kerzen brennen und viele Kerzen erlöschen sehen.

Der Pfefferkuchenmann drehte die süßen Mandelaugen immer mehr und mehr nach der kleinen Tänzerin.

»Ich liebe Sie! Oh!«, sagte er und hatte jetzt Gefühle in seinem ganzen Teig, gegen die Honig, Sirup und Zucker gar nichts mehr waren.

Doch wenn der Pfefferkuchenmann auch noch so süße Mandelaugen machte und ‚oh!' sagte, die kleine Tänzerin sagte noch lange nicht ‚ach!' dazu, denn sie war ganz und gar keine Pfefferkuchenfrau. Sie drehte sich im leisen Luftzug hin und her, einem Luftzug, durch den ein Pfefferkuchen sich nun und nimmer bewegt hätte, sie schlenkerte mit den Beinen und wippte mit dem bunten Rocksaum dazu, aber ‚ach!' sagte sie nicht. Sie war eben aus Papier.

Als die Pfefferkuchenfrau sah, dass der Pfefferkuchenmann sich von ihr abgewandt hatte und nur noch mit verrutschten Mandelaugen nach der papierenen Tänzerin sah, da weinte sie zwei dicke Tränen von Zimt aus ihren Mandelaugen, und das will schon etwas heißen.

Aber mit dem Pfefferkuchenmann geschah etwas sehr Sonderbares. Seine Mandelaugen waren so verrutscht, dass er sie gar nicht mehr zurückwenden konnte, sondern nur immer die kleine Tänzerin anstarren musste, und die große Rosine in seinem Kopf war so geschwollen, dass er nichts anderes mehr denken und fühlen konnte als buntes Papier, und das ist selbst für einen Pfefferkuchen ein bisschen dürftig.

Wenn einem aber die Rosinen im Kopfe schwellen und die Augen verrutschen, so passt man nicht mehr auf sich selber auf, und so fiel der Pfefferkuchenmann mit einem Male vom Tannenbaum herunter auf die Diele, und dort verspeisten ihn die Mäuse. Die Mäuse wollten auch Weihnacht feiern, und man konnte ihnen das wohl gönnen. Aber vom Pfefferkuchenstandpunkt aus war das ein Ende gegen die Etikette, und für jeden der ein richtiger Pfefferkuchen ist, ist die Etikette der Pfefferkuchen etwas sehr Wichtiges.

»Es sind zu viel Nelken darin«, sagte die eine Maus und knusperte, »aber sonst ist er vorzüglich.«

»Es ist zu wenig Ingwer dabei«, meinte die andere Maus und knabberte, »aber sonst ist er ausgezeichnet.«

Die dritte Maus sagte gar nichts. Aber sie verspeiste mit Appetit die große, dicke Rosine, die der Pfefferkuchenmann im Kopf gehabt hatte.

»Pfui«, sagte die Pfefferkuchenfrau und weinte keine einzige Träne von Zimt mehr, »das ist ja gegen alle Etikette!«

Dass man sie nicht geküsst hat, kann eine Pfefferkuchenfrau vergessen, aber ein Ende gegen die Etikette ist ihr etwas Scheußliches, und so denken alle wirklichen Pfefferkuchenleute auf dieser Erde.

»Pfui«, sagte sie noch einmal und warf sich einem fetten Pfefferkuchenmann an den Hals, der einen gequollenen Bauch hatte, aber dafür auch keine Rosinen im Kopf, sondern ganz gewöhnlichen Teig – und er nahm sie in seine zerflossenen und soliden Arme. Nachher aber sind sie beide von Menschen verspeist worden und nicht von Mäusen, und das war in der Ordnung und nach der Etikette der Pfefferkuchen.

Was aus der kleinen Tänzerin geworden ist, weiß ich nicht. Wahrscheinlich endete sie auf dem Kehrichthaufen, denn das tun die meisten von ihnen, wenn sie nur aus Papier sind. Natürlich wird sich vorher noch mancher Pfefferkuchenmann die süßen Mandelaugen nach ihr verrutscht haben und wird schließlich von Mäusen gegessen worden sein, ganz gegen die Etikette.

Von allen blieb nur der goldene Stern auf der Spitze des Tannenbaumes übrig, denn der ist unvergänglich und kündet, dass es Weihnacht auf der Erde werden soll. Und er schaut auf Menschen und Mäuse, auf die fetten Pfefferkuchen und die kleine Tänzerin, auf die großen Rosinen im Kopf, die süßen Mandelaugen und auf den Kehrichthaufen mit der gleichen Geduld und Güte. Denn es ist der Stern der heiligen Nacht und er hat schon viele Kerzen brennen und viele Kerzen erlöschen sehen.

Alles andere wechselt und bleibt sich doch immer gleich. Es kommt wieder und es geht wieder – und besonders die verliebten Pfefferkuchenleute sind etwas sehr Alltägliches. Nur dürfen sie sich nicht nach den kleinen Tänzerinnen aus Seidenpapier die süßen Mandelaugen verrutschen und müssen auch nicht Rosinen, sondern nur ganz gewöhnlichen Teig im Kopfe haben, – und der gewöhnliche Teig im Kopf soll überhaupt für eine jede Pfefferkuchenliebe das Allerbeste sein.

DIE GESCHICHTE VON DER HOHLEN NUSS

Es war einmal ein kleines Märchenkind, das war vom Himmel auf die Erde heruntergefallen, sozusagen aus Versehen. Es ist recht schmerzhaft, wenn man so vom Himmel auf die Erde herunterfällt. Wir alle haben das ja einmal erlebet, aber wenn man ein Märchenkind ist, tut es besonders weh.

Das Märchenkind war sehr klein. Es war so klein, dass es gar nicht lohnt zu sagen, wie klein es eigentlich war. Die Märchenkinder sind alle so klein auf der Erde, denn ihre großen Seelen sehn ja die Menschen nicht, die alles nach der Elle messen und auf der Marktwaage wägen. So gingen alle die vielen Menschen an dem kleinen Märchenkind vorbei und bemerkten es gar nicht.

»Du, höre mal«, sagte das Märchenkind zu einem jeden, der vorbeikam, »gib mir doch bitte ein Königreich, damit ich darin wohnen kann.«

»Ich verstehe nicht«, sagten die Menschen »wer hier etwas von einem Königreich spricht? Es ist doch gar niemand da. Was gibt es für sonderbare Sinnestäuschungen!«

Da wandte sich das Märchenkind an die Tiere, denn die Tiere reden nicht von Sinnestäuschungen und wissen ganz genau, wer ein Märchenkind ist. Sie wissen es schon darum, weil die meisten Menschen ihnen immer so deutlich zeigen, dass sie keine Märchenkinder sind.

Die Tiere waren sehr freundlich, sie wussten es auch nur allzu gut, was es heißt, vom Himmel auf die Erde heruntergefallen zu sein, und sie setzten sich um das kleine Märchenkind herum und gaben ihm gute Ratschläge. Man sah allgemein ein, dass das Märchenkind eine Wohnung haben müsse, und das heißt in diesem Falle natürlich ein Königreich, denn wo ein richtiges Märchenkind wohnt, da ist immer ein Königreich für Kinder und Tiere und für die wenigen großen Menschen, die das Kleine sehen können und nicht an gelehrten Sinnestäuschungen leiden.

»Richten Sie sich bei mir ein«, sagte der Maulwurf, »in meinem Hause ist es angenehm kühl und feucht, und wenn Sie die Nase recht tief in die Erde stecken, so riechen Sie es schon von Weitem, wenn ein fetter Engerling sich nähert. Es ist ein unnachahmlicher Duft.«

»Vielen Dank«, sagte das Märchenkind, »ich friere schon oben auf der Erde reichlich und finde es hier schon dunkel genug, ich will nicht noch tiefer hinein und es noch dunkler haben.«

»Das ist sehr töricht von Ihnen, liebes Kind«, sagte der Maulwurf, »die fetten Engerlinge mit dem unnachahmlichen Duft sind nur zu haben, wenn man die Nase ganz tief in die Erde hineinsteckt.«

»Es ist gewöhnlich, mit der Nase herumzuschnüffeln und Engerlinge zu fressen«, sagte die Libelle, »und es macht die Sache nicht besser, wenn man dabei auch einen vornehmen Samtrock trägt. Sie müssen es wie ich machen und sich mehr auf das Luftige beschränken. Sie gaukeln einfach von Blüte zu Blüte und bespiegeln sich selbst im Wasser.«

Ich muss leider hinzufügen, dass die Libelle das in einem leichtfertigen Tone sagte, und dass sie, wenn auch nicht übermäßig, so doch merklich mit den Flügeln kokettierte.

»Das ewige Umhergaukeln ist auch nichts für mich, und wenn ich mich im Spiegel sehe, so fühle ich nur umso deutlicher, wie einsam ich bin«, sagte das Märchenkind, »ich möchte lieber in einer richtigen Wohnung sesshaft werden. Gerne würde ich, zum Beispiel, in der hohlen Nuss wohnen, die unter dem Haselstrauch liegt, aber ich weiß nicht recht, wie ich da hineinkommen soll, die Löcher erscheinen mir so eng und klein.«

Denn wenn das Märchenkind auch klein war – die Löcher in der hohlen Nuss waren noch viel kleiner.

Wie das Märchenkind aber darüber nachdachte, wie man wohl in die hohle Nuss gelangen könne, dachte es sich einfach hinein und war mitten darin, noch ehe der Maulwurf einen Engerling gefunden und die Libelle ihre wippenden Flügel im Wasser bespiegelt hatte.

In der hohlen Nuss war es wunderschön, so schön, wie es in einer hohlen Nuss nur sein kann, wenn man sich erst richtig hineingedacht hat. Der Wurm, der den Kern verspeist hatte, war ein überaus tüchtiger Fachmann gewesen, und es lohnte sich schon, zu betrachten, wie sauber er die Wände gefeilt und wie hübsch und glatt und rund er die beiden Öffnungen gebohrt hatte, eine als Tür und die andere als Fenster. Ein paar raue Stellen hatte er sorgsam nachgelassen, sodass man Spinnweb und Marienfäden daran aufhängen konnte, und aus Spinnweb und Marienfäden spann sich das Märchenkind ein ganzes Königreich in die hohle Nuss herein.

Als aber alles fertig und es ein richtiges, eigengebautes Königreich geworden war, da holte sich das Märchenkind, weil es ja nun eine Prinzessin war, in das Königreich einen Prinzen, der eben vorüberging und keine Wohnung hatte, weil er auch gerade vom Himmel auf die Erde gefallen war.

So war nun das Märchenkind eine Prinzessin und hatte einen Prinzen und ein Königreich, und das alles in einer hohlen Nuss. Das war ja eigentlich recht viel auf einmal, aber es tat der Prinzessin doch sehr leid, dass sie den Himmel nicht auch in die hohle Nuss herunterholen konnte. Denn wenn man vom Himmel auf die Erde gefallen ist, und es einem sehr wehgetan hat, so sehnt man sich immer tüchtig nach dem Himmelreich.

Wie sich das Märchenkind aber so gehörig nach dem Himmel sehnte und nach ihm ausguckte, da kam plötzlich der ganze Himmel mitten in die hohle Nuss geflogen, und als die Prinzessin näher hinguckte, was das eigentlich wäre, da wiege sie ein kleines Kind in einer Wiege aus Spinnweb und Marienfäden. Es lohnt gar nicht zu sagen, wie klein das Kind war. Es war viel zu klein, um überhaupt viel darüber zu reden.

Ihr denkt nun vielleicht, dass das eine unwahrscheinliche Geschichte sei. Aber das ist sie gar nicht. Es ist sehr einfach, sich ein ganzes Königreich in einer hohlen Nuss zu bauen. Man muss bloß ein Märchenkind sein und sich ein bisschen hineindenken können. Freilich muss man dazu gerade vom Himmel heruntergefallen sein und sich auf der Erde wehgetan haben. Und die Menschen müssen einem gesagt haben, dass sie einen gar nicht bemerken, und dass man überhaupt nicht auf der Welt sei.

Und wenn es schon einfach, obwohl ein wenig schmerzhaft und einsam ist, sich ein Königreich in eine hohle Nuss zu bauen – so ist es doch sicherlich ganz einfach, den Himmel auf die Erde herunterzuholen. Sucht bloß ein paar richtige Kinderhände, die holen euch den ganzen Himmel auf die Erde herunter – und sogar in eine hohle Nuss.

DER MEISTERKELCH

Es war einmal vor vielen, vielen Jahren, da stand eine einsame kleine Glashütte tief drinnen im Schwarzwald. Sie lag ganz verborgen im grünen Tannengrund, und nur selten kam eines Menschen Fuß in ihre Nähe. Aber der Glasschleifer, der in ihr lebte, war nicht allein. Die Tiere des Waldes waren um ihn, und die ewigen Sterne standen über ihm, und wenn nachts der Feuerschein der Glashütte durch die dunklen Tannenzweige lohte, so sah man die Elfen tanzen in weißen Schleiern und mit Kronen von Edelstein im Haar.

Auch die Wurzelwatschel kam häufig an der Hütte vorüber, guckte hinein und sagte guten Abend. Die Wurzelwatschel war ein graues, unscheinbares Weibchen mit einem Gesicht wie ein verschrumpfter Apfel. Sie ging im Walde spazieren und gab den Elfen, den Tieren und den Pilzen gute Ratschläge. Wovon sie lebte, wusste man eigentlich nicht. Nur selten aß sie einmal eine Wacholderbeere, und das stärkte sie schon erheblich. Wenn der Winter kam, setzte sie sich hin und fror einfach ein, und im Frühling taute sie wieder auf und ging dann sofort spazieren. So lebte sie mit den Keimen in der Erde und kam mit den ersten Knospen und Blüten wieder hervor, und darum kannte sie alle Wurzeln des Lebens und alle lichten und dunklen Kräfte der Welt.

In der einsamen Glashütte aber wohnte der Glasgießer und Glasschleifer sehr still für sich. Er mischte selber die heiße Glasmasse, blies oder goss sie in Formen und schliff die Gläser so gut er es vermochte. Denn es war vor vielen, vielen Jahren, als ein Mensch noch ein ganzes Werk mit seinen beiden Händen schuf, und nicht wie heute, da sich hundert Hände an hundert Teilen regen. Es war bescheidene Ware, die der Glasschleifer fertigte, und der Händler, der manchmal in der einsamen Glashütte vorsprach, zahlte nicht allzu viel dafür. So war der Glasschleifer arm geblieben, aber er hatte sein Brot und lebte bescheiden davon und konnte auch des Sonntags ins Dorf gehen, um zu feiern.

Oft sehnte er sich freilich nach einem besseren Leben, und noch mehr träumte er davon, dass er einmal ein Meister werden und so herrliche Kelche schleifen könne, dass die Kenner aus ihnen trinken und bei ihrem Zusammenklingen seinen Namen nennen würden.

»Du wirst vielleicht noch ein Meister werden«, sagte dann die Wurzelwatschel zu ihm, »aber das ist ein gutes Stück Arbeit und ein weiter Weg. Man muss zu den Wurzeln des Lebens gehen und durch die dunklen und lichten Kräfte der Welt.«

Dem Glasschleifer war es nicht sonderlich recht das zu hören, denn er hoffte immer, es möge sich ein leichterer und bequemerer Weg zur Meisterschaft finden lassen, und so denken viele, die keine Meister geworden sind.

»Ich lebe doch tief drinnen im grünen Tannengrund«, sagte der Glasschleifer, »und die Sterne stehen über mir. Da ist es gewiss möglich, dass sich ein Wunder ereignet und mir die fertige Meisterschaft schenkt.«

»Die Meisterschaft ist immer ein Wunder«, sagte die Wurzelwatschel, »und wer sie gewinnen will, muss den grünen Tannengrund lieben und die Tiere und Blumen, und die Sterne müssen über ihm stehen und über seinem Werk. Aber geschenkt wird die Meisterschaft keinem, der nicht zu den Wurzeln des Lebens gegangen ist und durch die dunklen und lichten Kräfte der Welt.«

»Wir wollen sehen, wer recht behält«, sagte der Glasschleifer und fachte das Feuer an, dass es weit durch den Tannengrund lohte, »ich will die Geister rufen, die mir die Meisterschaft schenken sollen.«

Als aber die Nacht kam und der Glasschleifer vor dem Feuer in seiner Glashütte kniete geschah es, dass auf einmal die gläserne Frau vor ihm stand. Denn die gläserne Frau ist einer von jenen Geistern, die sehr bald kommen, wenn man sie ruft. Die gläserne Frau war sehr schön, und sie trug ein Königsgewand aus leuchtendem biegsamem Glase und eine Krone von Glas auf dem Haar.

»Du willst ein Meister werden?«, fragte die gläserne Frau und lachte. Und wenn sie lachte, klang es, als ob Glas zerspringt, feines, dünnes Glas.

»Ja, das will ich gerne, wenn es nicht allzu schwer ist«, meinte der Glasschleifer.

»Es ist gar nicht schwer«, sagte die gläserne Frau, »wenn du mir folgen und mir gehören willst. Komm mit mir in meinen Glaspalast, dort will ich dich lehren Kelche zu schleifen, wie nur ein Meister sie schleifen kann, und wir wollen zusammen goldenen Wein aus den geschliffenen Kelchen trinken. Nur musst du mir versprechen, nicht des Nachts aus meinem Palast zu gehen und die Sterne über dir anzuschaun. Auch darfst du niemals einen Kelch bis zur Neige leeren, sondern musst dir immer aus einem neuen Kelche den goldenen Wein von mir kredenzen lassen.«

»Das will ich gern versprechen«, sagte der Glasschleifer, »es erscheint mir leicht das zu erfüllen, und der Weg zur Meisterschaft ist nicht so schwer, wie die Wurzelwatschel sagte.«

Da lachte die gläserne Frau wieder, und es klang, als ob Glas zerspringt, feines, dünnes Glas.

»Komm herab«, sagte sie und nahm den Glasschleifer bei der Hand.

Der Boden öffnete sich, eine verborgene Treppe wurde sichtbar, und auf ihren Stufen führte die gläserne Frau den Glasschleifer in ihren Glaspalast hinunter.

Im Glaspalast waren alle Wände und Dielen, alle Stühle und Tische von lauterem Glas, und es blitzte von allen Seiten in tausend Lichtern. Es war eine flammende Pracht überall, wie sie sich der Glasschleifer nie hatte träumen lassen. Im Königssaal aber stand ein gläserner Thron, und auf ihn setzte sich die gläserne Frau neben den Glasschleifer und küsste ihn. Ein Hofgesinde von jungen, schönen Frauen umgab sie, und sie tranken goldenen Wein aus geschliffenen Kelchen.

»Aus diesen Kelchen trinkt man den Zauber der Stunde«, sagte die gläserne Frau, »aber man darf sie nie bis auf die Neige leeren. Solche Kelche sind sehr gesucht in der Welt draußen, und die Menschen bezahlen viel, um sie zu bekommen. Mir aber liegt daran, dass recht viele meiner Kelche in die Welt gelangen, und dass recht viele

Menschen aus ihnen trinken. Dann sehen sie die Sterne über sich nicht mehr, die mir feindlich sind.«

»Und wie werden diese Kelche geschliffen, schöne Königin?«, fragte der Glasschleifer, »es ist das Geheimnis dieser Meisterschaft, das du mich lehren wolltest.«

»Die Meisterschaft ist keine schwere«, sagte die gläserne Frau, »meine Zwerge gießen und blasen die Kelche aus den dunklen Kräften der Welt und schleifen sie in tausend sich brechenden Lichtern mit lauter kalten Gedanken. Ich selbst aber mache zuletzt mein Zeichen darauf, und daraus trinken alle den Zauber der Stunde. Schau her!«

Da sprangen zwei riesige Türen auf, und der Glasschleifer sah in einen großen, dunklen Saal, in dem schwefelgelbes Feuer lohte. Um das Feuer herum aber standen lauter Zwerge, wie aus dunklem Glase gegossen. Es waren keine Lichtgestalten wie die Elfen auf dem Wiesenrain. Sie rührten die Glasmasse, bliesen und gossen die Gläser und schliffen sie mit seltsamen, scharfen Werkzeugen, bis sie in tausend kalten Lichtern blitzten.

»Siehe«, sagte die gläserne Frau und nahm einen herrlich geschliffenen Kelch aus der dunklen Werkstatt in ihre Hände, »ich mache nun mein Zauberzeichen darauf, und es ist wieder ein Kelch fertig, wie wir ihn tausendmal trinken. Aber meine Macht reicht nicht aus, diese Kelche ins Menschenland hinauszusenden, und darum muss ich einen Menschen finden, der mir seinen Namen und seine Seele dafür schenkt. Nur mit diesem letzten Schliff kann ich die Kelche in die Welt gelangen lassen, sodass die Menschen den Zauber der Stunde daraus trinken und die Sterne über sich nicht mehr sehen. Ich kann das nicht, aber dir ist es ein Leichtes. Dann bist du ein Meister geworden, und die Menschen, die aus diesen Kelchen trinken, werden bei ihrem Zusammenklingen deinen Namen nennen. Ich aber küsse dich dafür in meinem Glaspalast bei Tag und bei Nacht.«

»Ich dachte es mir, dass die Meisterschaft ein Leichtes sein müsse, wenn man sich mit den richtigen Kräften verbindet«, sagte der Glasschleifer, und er küsste die gläserne Frau und schliff seinen Namen in ihre schimmernden Kelche, voller Stolz darauf, dass sie diesen Namen hinaustragen sollten in alle Welt.

So verging eine lange Zeit, und die gläserne Frau und der Glasschleifer tranken goldenen Wein aus ihren Kelchen im Zauber der Stunde und schliffen viele schimmernde Kelche für das Land der Menschen, die voller Sehnsucht auf diese Kelche warten.

»Wir haben nun genug«, sagte die gläserne Frau, »es ist an der Zeit, dass du diese Kelche hinausträgst in die Welt und sie unter die Menschen gelangen. Heute wird der Händler an deiner Glashütte vorüberkommen. Trage die Kelche hinauf und gib sie ihm, wenn er nach deiner Ware fragt. Er wird dir viel Gold dafür bieten. Dann denke nicht, dass es nutzlos für uns sei, weil wir hier alle Schätze der Erde haben und in der Pracht unseres Palastes leben. Es ist ein besonderes Gold, das dir der Händler gibt, und mir ist viel daran gelegen, denn an diesem Golde hängt etwas von den Seelen der Menschen. Geh nun hinauf in deine Glashütte. Aber komme wieder, ehe es Nacht wird, damit du die Sterne nicht über dir siehst.«

Da trugen sie die Kelche in die Glashütte hinauf, und der Glasschleifer setzte sich davor und wartete auf den Händler. Es kam ihm seltsam vor, nach so langer Zeit den grünen Tannengrund wieder zu sehen, die Tiere, die Blumen und die Pilze, und wieder in der ärmlichen Glashütte zu sitzen, statt in dem Palast der gläsernen Frau. Er freute sich, das alles wiederzusehen, und freute sich doch nicht darüber.

Da kam eine kleine Elfe und guckte zum Fenster herein.

»Das sind hübsch geschliffene Gläser«, sagte sie, »aber Kelche der Kunst sind es nicht. Wer aus ihnen trinkt, wird sich nicht nach einem weißen Elfenschleier sehnen. Uns hast du nicht damit erlöst.«

Auch die Tiere des Waldes kamen, wie früher, zur Glashütte und schauten sich die neuen Werke an.

»Kalte Kristalle sind das«, sagten sie, »aber Kelche des Lebens sind es nicht. Wer aus ihnen trinkt, wird die Tiere nicht lieben lernen und den grünen Tannengrund. Uns hast du nicht damit geholfen.«

Und ein Eichkätzchen warf ihm sogar eine hohle Nuss vor die Füße und lachte dazu.

Auch die Wurzelwatschel kam und besah sich alles genau von allen Seiten.

»Eine geschickte Arbeit«, sagte sie, »aber Meisterwerke sind es nicht, und du bist kein Meister geworden.«,

Und die Tannenzweige rauschten dazu, die Blumen nickten im Winde, und die Pilze wackelten sehr bedenklich mit den Köpfen, denn alle waren der gleichen Meinung wie die alte Wurzelwatschel. Das verdross den Glasschleifer und er war traurig geworden.

Inzwischen kam der Händler mit seinem Wagen und besah sich die neue Ware. Sein Pferd aber wandte den Kopf weg, denn auch ihm gefielen die Kelche nicht.

»Das ist eine weit wertvollere Ware als Ihr sie sonst gehabt habt«, sagte der Händler, »und ich kann Euch viel Geld dafür geben. Denn die Menschen suchen eifrig nach solchen Kelchen und sehnen sich sehr danach. Solche Kelche sind zwar nicht selten, aber da sie allzu leicht zerspringen, so brauchen die Leute immer wieder neue, weil sie so gerne daraus trinken. Ihr habt sonderbare Fortschritte gemacht in der Zeit, seit ich nicht hier war.«

»Sind es nun Meisterwerke und bin ich ein Meister geworden oder nicht?«, fragte der Glasschleifer, denn hieran war ihm vor allem gelegen. Den goldenen Wein und alle Zauberpracht hatte er ja übergenung im Glaspalast der gläsernen Frau.

Der Händler bewegte den dicken Kopf hin und her und wog die geschliffenen Kelche in den Händen.

»Mir sind diese Kelche am liebsten von allen«, sagte er, »denn es sind die Kelche für die Vielen und nicht für die Wenigen, und ich verdiene das meiste Geld an ihnen. Die Vielen werden Euch alle Meister nennen, wenn sie aus Euren Kelchen den Zauber der Stunde trinken. So werdet Ihr Meister von heute auf morgen sein. Die Kelche gehen auch bald entzwei. Es ist gut für mich, dass sie so zerbrechlich sind.«

»Aber was werden die Wenigen sagen?«, fragte der Glasschleifer,

»ich will, dass auch sie mich Meister nennen sollen, und ich will, dass meine Werke dauern sollen, auch wenn ich einmal gestorben bin. Nur dann bin ich ein wirklicher Meister geworden.«

»Die Kelche der Wenigen sind es nicht und auch nicht die Kelche die dauern«, sagte der Händler, »dann müssten die Gläser ganz anders beschaffen sein. Aber mir sind diese Kelche die Liebsten, und Ihr findet mit ihnen, was ich auch finde, Geld und den Ruhm des Tages. Was wollt Ihr noch mehr haben?«

»Ich will aber kein Händler, sondern ein wirklicher Meister sein«, rief der Glasschleifer.

»Dann müsst Ihr andere Kelche schleifen, doch das ist eine beschwerliche und oft sehr undankbare Sache«, sagte der Händler lächelnd und packte sorgsam die schimmernden Gläser ein. Dann zahlte er dem Glasschleifer seinen Lohn in lauter blanken Goldstücken auf den Tisch und fuhr in die Welt hinaus, um die Kelche der gläsernen Frau unter die Menschen zu bringen.

Und alle Menschen, die daraus tranken, schauten in ihrer Seele den Glaspalast der gläsernen Frau mit all seiner Pracht und mit seinem Hofgesinde und lebten im Zauber der Stunde. Die Sterne über sich aber sahen sie nicht mehr.

Der Glasschleifer ging wieder in den Glaspalast der gläsernen Frau zurück und gab ihr das Gold, das ihm der Händler gezahlt hatte. Und als die gläserne Frau das Gold sah, an dem etwas von den Seelen der Menschen hing, da lachte sie, und es klang, als ob Glas zerspringt, feines, dünnes Glas.

Aber der Glasschleifer schliff nur noch ungern seinen Namen in die Kelche der gläsernen Frau, er blieb still und in sich gekehrt und dachte immer darüber nach, was ihm die Elfe, die Tiere und die Wurzelwatschel gesagt hatten.

»Ich will das Geheimnis von den Kelchen der gläsernen Frau ergründen«, sagte er, »vielleicht erfahre ich dann, wie es um die wirkliche Meisterschaft bestellt ist.«

Und eines Tages, als ihm die gläserne Frau den goldenen Wein aus ihrem geschliffenen Kelch kredenzte, da ergriff er ihn und leerte ihn bis auf die Neige. Kaum aber hatte er den letzten Tropfen getrunken und dem Kelch auf den Grund geschaut, so sah er, dass die gläserne Frau kein Herz voll Blut, sondern von kaltem, hartem, geschliffenem Glas hatte.

Da begriff er, dass er in die Irre gegangen war und geholfen hatte, auch die anderen Menschen in die Irre zu führen, wie es die gläserne Frau gewollt, sodass sie die Sterne nicht mehr über sich sahen. Und er erfasste, dass er kein Meister geworden war, sondern nur einer von den vielen, die Händler sind mit den Seelen der Menschen.

Die gläserne Frau stand vor ihm und sah ihn mit schreckensweiten Augen an.

Da warf er ihr den geschliffenen Kelch vor die Füße, dass er in tausend Scherben ging.

Um die gleiche Stunde aber zersprangen alle die Kelche, die er aus dem Glaspalast der gläsernen Frau zu den Menschen hinausgesandt hatte. Die Menschen, die aus diesen Kelchen tranken, erwachten jäh aus dem Zauber der Stunde. Sie schauten sich tief in die gläsernen Herzen hinein und wandten sich voneinander ab. Die Sterne aber sahen sie wieder über sich. Denn alle dunklen und lichten Kräfte der Welt sind geheimnisvoll miteinander verwoben.

Der Glasschleifer saß wieder in seiner kleinen, ärmlichen Glashütte, einsam in einer einsamen Werkstatt. Um ihn herum war wieder der grüne Tannengrund, und über ihm standen die ewigen Sterne in der dunklen Nacht.

»Nun muss es Winter werden«, sagte die Wurzelwatschel, »ein langer Winter, bis der Frühling kommt.«

Und dann fror die Wurzelwatschel ein.

Es wurde Winter, ein langer dunkler Winter in der Glashütte und im Tannengrund und in der Seele des Glasschleifers. Vielleicht waren es auch viele Winter, wer mag das wissen? Der Winter einer Seele ist nicht nach Monden zu messen.

Der Glasschleifer arbeitete still für sich, bescheidene, billige Ware, und lebte so zurückgezogen, dass er kaum noch des Sonntags ins Dorf ging, um zu feiern. Aber er horchte auf die rauschenden Zweige im grünen Tannengrund, er sprach in brüderlicher Liebe mit den Tieren und fertigte armen Kindern Murmeln aus blankem Glas. So grub seine Seele beharrlich nach den Wurzeln des Lebens.

Der Händler kam und ging und nahm die billige Ware. Doch wenn er wieder nach den schimmernden Kelchen fragte, dann schüttelte der Gasschleifer den Kopf.

»Solche Kelche will ich nicht wieder schleifen«, sagte er, »um alles Gold der Erde nicht mehr.«

Der Winter einer Seele ist nicht nach Monden zu messen, aber einmal geht er zu Ende und der Frühling kommt. Und auf einmal ergriff den Glasschleifer die Sehnsucht, doch noch ein wirkliches Meisterwerk zu schaffen. Da mischte er die Glasmasse sehr sorgsam und blies einen Kelch daraus, der anders gestaltet war als alle Kelche, die er bisher gesehen. Es war in einer jener dunklen und einsamen Stunden, wie so viele über ihn gekommen waren seit jenem Augenblick, als er den Glaspalast der gläsernen Frau verlassen hatte. Und er nahm den Kelch und schliff ihn in vielen anderen einsamen und dunklen Stunden, und nur die Sterne standen über ihm. Es schien ihm aber, als habe der Kelch einen seltsamen Schimmer von durchlichtetem Blut, als wäre ein heller Rubin in das Glas gegossen worden. Das war das Herzblut dessen, der ihn geschaffen hatte.

Als der Kelch fertig war, war der Winter vergangen – oder waren es viele Winter, wer mag das wissen? Der Frühling kam und die Wurzelwatschel taute wieder auf.

»Das ist ein Meisterkelch«, sagte sie, »und nun bist du ein wirklicher Meister geworden. Du bist zu den Wurzeln des Lebens gegangen und durch die dunklen und lichten Kräfte der Welt.«

Die Tannenzweige und Frühlingsblumen neigten sich bei diesen Worten, und die Pilze nickten zufrieden mit den Köpfen.

»Das ist ein Kelch des Lebens«, sagten die Tiere, »wer aus ihm trinkt, der wird die armen Kinder und die Tiere lieben und den grünen Tannengrund. Du hast uns viel damit geholfen.«

»Das ist ein Kelch der Kunst«, sagten die Elfen, »wer aus ihm trinkt, der wird sich nach den weißen Elfenschleiern sehnen, und du hast uns damit erlöst.«

Die ewigen Sterne aber standen am Himmel und spiegelten klar und makellos ihr Licht im geschliffenen Meisterkelch.

Da hatte der Glasschleifer den Frieden gefunden, den Frieden in seiner Seele und den Frieden in seiner Werkstatt.

Und er schuf noch manche solcher Kelche, wenn es auch nur wenige sein konnten im Vergleich zu den vielen Kelchen der gläsernen Frau, welche von dunklen Kräften gegossen und von Menschen geschliffen werden, die nur Meister von heute auf morgen sind. Die Kelche der gläsernen Frau zerspringen ja auch immer wieder, wenn der Zauber der Stunde vorüber ist.

Die wirklichen Meisterkelche aber zerbrechen nicht, und wenn auch nur die Wenigen daraus trinken, so wird aus ihnen noch getrunken nach aberhundert Jahren. Und wenn man sie bis auf die Neige leert, so schaut man nicht in gläserne Herzen, sondern in den grünen Tannengrund mit den Elfen, den Tieren und Blumen und den ewigen Sternen darüber.

Aber die Meisterkelche sind selten. Denn es geben nicht viele ihr Herzblut darum.

DIE GEBORGTE KRONE

Es war einmal ein Igel, der hatte seine Wohnung in einem hohlen Baumstamm an einem grünen Tümpel und hieß Schnäuzchen Piekenknäul. Es war ein schöner Sommermorgen, und Schnäuzchen Piekenknäul saß vor seiner Behausung, trank seinen Eichelkaffee und las die Wald- und Wiesenzeitung. Im Tümpel plätscherte ein kleiner grüner Frosch mit Namen Benjamin Quellauge und quakte.

»Quake nicht so laut«, sagte Schnäuzchen Piekenknäul, »es stört mich beim Lesen.«, Und dabei wippte er voller Ärger mit seinen Moospantoffeln.

Der Frosch Benjamin Quellauge machte den Mund noch einmal so weit auf und quakte noch lauter. Dabei spritzte er mit der nassen Hand Wasser in die große Kaffeetasse von Schnäuzchen Piekenknäul.

»Mach', dass du fortkommst, du grüner Lümmel«, fauchte Schnäuzchen Piekenknäul, »ich werde einen Moospantoffel nach dir werfen, dass er gerade in deinen großen Mund fliegt.«

»Ich bin kein grüner Lümmel«, sagte Benjamin Quellauge, »ich bin ein Frosch.«

»Das ist auch was Rechtes«, knurrte Schnäuzchen Piekenknäul.

Das durfte Schnäuzchen Piekenknäul natürlich nicht sagen, auch wenn man ihm Wasser in den Kaffe gespritzt hatte, denn ein Frosch ist, wie jeder weiß, eine sehr achtbare Person.

»Ich bin auch gar kein gewöhnlicher Frosch«, sagte Benjamin Quellauge, »ich bin ein gekrönter Frosch, und das ist mehr als ein dicker Igel, der bloß Zeitung lesen und Kaffee trinken kann.«

Das hätte nun wieder Benjamin Quellauge nicht sagen dürfen.

»In der Zeitung steht, dass Frösche quaken. Es steht nicht drin, dass sie Kronen tragen«, sagte Schnäuzchen Piekenknäul, denn er glaubte nur das, was in der Wald- und Wiesenzeitung stand, und so machen es viele Leute. »Wo ist denn deine Krone? – hä, hä?«, fragte Schnäuzchen Piekenknäul und trank Kaffee.

»Meine Krone ist eine heimliche Krone, man sieht sie nicht alle Tage«, sagte Benjamin Quellauge, »und dumme Leute, die bloß glauben, was in der Wald- und Wiesenzeitung steht, sehn sie überhaupt nicht.«

»Es gibt keine heimlichen Kronen, denn davon steht nichts in der Zeitung«, sagte Schnäuzchen Piekenknäul, »es gibt nur Kronen, die man sieht, und das steht dann auch in der Zeitung.«

»Du wirst schon sehen, dass ich einmal eine Krone trage und dass es in der Zeitung steht«, sagte Benjamin Quellauge und schwamm davon. Denn dieses Gespräch hatte ihn sehr aufgeregt und geärgert, wie jeder begreifen wird, der weiß, dass ein Frosch eine sehr achtbare Person ist und sich nicht solche herablassenden Dinge sagen lässt von jemand, der bloß Zeitung lesen und Kaffee trinken kann.

Aber wenn auch Benjamin Quellauge, wie alle Frösche, eine sehr achtbare Person war – eine Kröne hatte er darum doch nicht, denn Kronen tragen lange nicht alle Frosche, und es ist mit den heimlichen Kronen überhaupt eine seltsame Sache. Es gibt schon heimliche Kronen in der Welt, und gar nicht so wenige, aber es tragen sie nur die, welche gut zu den Tieren und Blumen sind und die verstehen, in Gottes Schöpfung zu lesen – und das sind leider nur wenige, und so gibt es noch viele heimliche Kronen, die irgendwo liegen und nur darauf warten, dass sie jemand findet, der sie tragen darf. Es ist etwas sehr Schönes und Großes um solch eine heimliche Krone, aber die anderen sehn sie meist gar nicht, und am wenigsten die, welche nur immer die Wald- und Wiesenzeitung lesen und Kaffee dazu trinken.

Der Frosch Benjamin Quellauge aber wollte gar zu gerne eine heimlich Krone haben, und er dachte so sehr darüber nach, dass er noch einmal so grün wurde und dass ihm seine bedeutenden Augen noch bedeutender aus dem Kopfe quollen, was einen sehr übertriebenen Eindruck machte. Da fiel ihm ein, dass die kleine Elfe Silberkind, die unter den Marienblumen lebte, solch eine heimliche Krone trug, denn die Elfen sind gut zu den Tieren und Blumen, und darum tragen sie alle kleine, heimliche Kronen. Silberkind aber hieß die kleine Elfe darum, weil sie ein silbernes Kleidchen und silberne Falterflügel hatte.

Benjamin Quellauge hüpfte in großen Sätzen zu den Marienblumen, wobei er einige Blüten rücksichtslos mit dem Ellbogen anstieß – schon ein Beweis, dass er noch gar nicht reif war für die heimlichen Elfenkronen.

»Guten Tag, Silberkind«, sagte Benjamin Quellauge, »borge mir doch, bitte, deine Krone, ich möchte auch einmal damit spazieren gehen.«

»Das ist noch zu früh für dich«, sagte die Elfe Silberkind.

Da weinte Benjamin Quellauge aus seinen bedeutenden Augen zwei ebenso bedeutende Tränen, denn es kränkte ihn sehr, dass er die Krone nicht kriegen sollte. Das rührte die Elfe Silberkind, und weil sie immer gut zu den Tieren und Blumen war, gab sie ihm ihre kleine Krone.

»Da hast du die Krone, Benjamin Quellauge«, sagte sie, »aber gehe vorsichtig damit um und bringe sie mir heute noch wieder. Du darfst auch beim Hüpfen die Blumen nicht so mit dem Ellbogen anstoßen, denn das mögen sie nicht leiden. Nimm Rücksicht, Benjamin Quellauge.«

Benjamin Quellauge bedankte sich und bemühte sich, vorsichtig zu hüpfen und niemand anzustoßen. Wie er aber wieder an seinem Tümpel angekommen war, da wurde er sehr großartig. Er stellte sich aufrecht auf die Beine, setzte die Krone auf den nassen, grünen Kopf, spazierte umher und quakte. Vor allem aber wollte er, dass Schnäuzchen Piekenknäul die Krone sehen sollte, denn Schnäuzchen Piekenknäul hatte ihn beleidigt und hatte gesagt, dass er ein grüner Lümmel wäre. Doch weil Schnäuzchen Piekenknäul gerade ausgegangen war, so behielt Benjamin Quellauge die heimliche Krone auch noch bis zum anderen Tage, und sie gefiel ihm so gut, dass er sie überhaupt nicht mehr hergeben wollte. Die kleine Elfe Silberkind aber weinte, und sie schwur es sich zu, ihre heimliche Krone nie wieder einem grünen Frosch zu borgen.

Endlich sah Benjamin Quellauge, wie Schnäuzchen Piekenknäul wieder vor seiner Wohnung saß, die Wald- und Wiesenzeitung las und seinen Eichelkaffee dazu trank. Da stellte er sich aufrecht hin und spazierte mit der Krone auf dem nassen, grünen Kopf an Schnäuzchen Piekenknäul vorbei und quakte dazu.

»Siehst du jetzt, dass ich eine Krone habe?«, fragte er großartig und sah Schnäuzchen Piekenknäul aus seinen quellenden Augen verachtungsvoll an.

Schnäuzchen Piekenknäul blieb der Kaffee in der Schnauze stecken.

»Wahrhaftig«, sagte er, »es steht auch in der Zeitung!«

Und richtig, so war es. In der Wald- und Wiesenzeitung stand es mit großen Buchstaben gedruckt, dass der Frosch Benjamin Quellauge mit einer Krone spazieren gehe und quake. ‚Ehre ihm und allen solchen Fröschen!' hatte die Zeitung hinzugefügt, denn die Wald- und Wiesenzeitung, die niemals etwas von den heimlichen Kronen weiß, druckt es mit großen Buchstaben, wenn irgendwelche grünen Frösche mit geborgten Kronen spazieren gehen und quaken.

Es ist aber eine eigne Sache mit einer heimlichen Krone. Es behält sie niemand, der sie nur geborgt hat, und sie kehrt immer zu dem zurück, dem sie gehört, wenn das auch die Wald- und Wiesenzeitung nicht merken kann.

Und plötzlich gluckte es schrecklich im Tümpel, und aus dem tiefen Wasser stieg eine grausige, große Person hervor, mit einem Krötenkopf und Krötenarmen und einer bunt getupften Schürze über dem dicken Bauch, und das war die Tümpeltante. Die Tümpeltante war die Gerechtigkeit in diesem Sumpf, an dem Schnäuzchen Piekenknäul und Benjamin Quellauge wohnten und an dessen Ufern die Wald- und Wiesenzeitung erschien.

»Uh – uh«, sagte die Tümpeltante und rollte mit den Krötenaugen, »uh – uh! Das ist nicht deine Krone, du grüner Lümmel, das ist die Krone der Elfe Silberkind, und Silberkind sitzt unter den Marienblumen und weint um ihre Krone. Willst du Silberkind gleich die Krone wiedergeben, Benjamin Quellauge?«

Benjamin Quellauge sprang vor Schreck in die große Kaffeetasse von Schnäuzchen Piekenknäul und ruderte angstvoll darin herum.

»Uh – uh«, sagte die Tümpeltante, »uh – uh. Und du, Schnäuzchen Piekenknäul, hast du nicht gesagt, dass es keine heimlichen Kronen gibt? Aber wenn ein grüner Frosch mit einer geborgten Krone umherspaziert und quakt, dann glaubst du, das sei eine wirkliche Krone, bloß weil es in deiner dummen Wald- und Wiesenzeitung steht! Uh – uh, Schnäuzchen Piekenknäul, dafür werde ich dir deinen ganzen Kaffee austrinken!«

Die Tümpeltante näherte sich drohend. Schnäuzchen Piekenknäul verschwand so schnell in seinem Baumloch, dass er beide Moospantoffeln verlor. Die Tümpeltante fischte Benjamin Quellauge aus der Kaffeetasse und tat ihn unsanft wieder in den Tümpel zurück. Und die heimliche Krone wickelte sie in ihre Schürze, um sie Silberkind wiederzugeben. Vorher aber trank die Tümpeltante den ganzen Kaffee von Schnäuzchen Piekenknäul aus.

Es spazieren so viele in der Welt herum mit geborgten Kronen und quaken – und die Leute sehen gar nicht, dass es nur geborgte Kronen sind, weil sie nur das glauben, was in der Wald- und Wiesenzeitung steht. Wer aber eine geborgte Krone trägt, der fällt bestimmt noch einmal in eine fremde Kaffeetasse.

Von den heimlichen Kronen steht freilich nichts in der Wald- und Wiesenzeitung. Man muss schon selber richtig die Augen aufmachen in Gottes großer Schöpfung und die Tiere und Blumen lieben, dann wird man schauen, wo alle die heimlichen Kronen sind, und wird bald selbst eine tragen. Und der liebe Gott schenkt einem dann einmal zur heimlichen Krone noch ein silbernes Kleid und silberne Schwingen wie der Elfe Silberkind – und dann ist es einem ganz gleich, ob das in der Zeitung steht oder nicht. Macht man es aber wie Schnäuzchen Piekenknäul, dann kommt eines Tages die Tümpeltante und trinkt einem allen Kaffee aus!

DIE GETUPFTEN TEUFELCHEN

Es waren einmal sieben kleine Teufelchen, eines kleiner als das andere, und das kleinste war so klein, dass man es nur durch ein Vergrößerungsglas sehn konnte – mit bloßem Auge überhaupt nicht. Es versteht sich von selbst, dass die sieben kleinen Teufelchen in der Hölle wohnten und alle sieben ganz schwarz waren.

Nun ist es für ein kleines Teufelchen ja nicht gerade schlimm, sondern eigentlich ganz verständlich, dass es in der Hölle wohnt, aber so überaus erfreulich, wie sich manche das vielleicht denken werden, ist es auch nicht. Denn die großen Teufel sind doch sehr unangenehme Leute, und die Teufelchen merken das auch manchmal, solange sie noch klein sind. Erst später lernen sie all das dumme Zeug von den großen Teufeln und werden selbst große Teufel, und dann passen sie auch wirklich nur noch in die Hölle hinein.

Die sieben kleinen Teufelchen waren aber noch sehr klein und hatten noch nicht soviel dummes Zeug von den großen Teufeln gelernt, und darum fanden sie es oft gar nicht nett in der Hölle, und sie beschlossen einmal, aus dem Rauchfang herauszukriechen und sich die Welt anderswo zu besehen. Für die kleinen Teufelchen ist es ganz leicht, aus dem Rauchfang herauszukriechen, denn sie turnen ja auch so schon den ganzen Tag darin herum und machen allerlei schöne Übungen. Das größte der Teufelchen kletterte voran, und eines hing sich immer an den Schwanz des anderen. So ging es ganz einfach, und zum Schluss kam das kleinste Teufelchen, das so klein war, dass man es nur durch ein Vergrößerungsglas sehen konnte – mit bloßem Auge überhaupt nicht.

Der Rauchfang der Hölle aber, in dem die kleinen Teufelchen hochkletterten, war ein ganz besonders hoher Höllenschornstein, und sein Ende ragte bis in die Wolken. Als nun die Teufelchen eines nach dem anderen hinausgeklettert waren und sich vergnügt auf den Rand des Rauchfangs setzten, kam gerade eine Wolke vorbei und nahm die sieben Teufelchen mit sich. Eigentlich nur im Versehen, denn sie hatte gar nicht genauer hingeguckt, sondern war nur ganz eilig vorübergeflogen.

Die Wolke aber flog gerade auf die Himmelswiese, denn dort hatte sie einiges zu erledigen. Was, weiß ich eben nicht, und das ist auch ganz einerlei. Die kleinen Teufelchen freuten sich sehr, dass sie mitreisen durften durch die blaue Luft und den goldenen Sonnenschein, und als sie auf der Himmelswiese angekommen waren, stiegen sie alle miteinander aus und gingen spazieren. Auf der Himmelswiese aber spielten lauter kleine Englein in weißen Kleidern und mit silbernen Flügeln, und ihr könnt euch denken, dass die Englein große Augen machten, als sie plötzlich die kleinen schwarzen Teufelchen auf der Himmelswiese sahen. Den Teufelchen aber gefielen die weißen Englein über alle Maßen und sie wollten gerne mit ihnen spielen.

»Wir sind sieben kleine Teufelchen aus der Hölle, und wir wollen gerne mit euch spielen«, sagten sie.

»Ihr seid so schwarz«, sagte ein kleiner Engel, »und ihr seid auch gar nicht sieben, sondern nur sechs. Im Himmel aber darf man nicht schwindeln.

»Es ist wahr dass wir sehr schwarz sind«, sagte ein kleines Teufelchen, »aber das tut doch nichts? Und geschwindelt haben wir gar nicht, denn wir sind sieben kleine Teufelchen. Das kleinste ist aber so klein, dass man es nur mit einem Vergrößerungsglas sehen kann – mit bloßem Auge überhaupt nicht.«

Da holten die kleinen Englein ein gewaltiges Vergrößerungsglas und besahen sich das kleinste Teufelchen, das so klein war, dass man es mit bloßem Auge nicht sehen konnte. Das erbarmte die Englein, dass das Teufelchen so klein war, und sie beschlossen, mit den sieben kleinen Teufelchen zu spielen, und die Sonne schien dazu auf die Himmelswiese und freute sich, dass die Englein mit den Teufelchen spielten, denn das ist etwas von der Welt, die einmal kommen soll, wenn alle wieder Kinder werden.

Als aber die kleinen Teufelchen eine Weile mit den Englein gespielt hatten, bekamen sie lauter weiße Tupfen auf ihrer schwarzen Haut, und das sah sehr spaßhaft aus.

»Ihr seid ja auf einmal ganz getupft«, sagten die Englein und lachten.

Die kleinen Teufelchen bespiegelten sich im Himmelsblau und fanden, dass sie sehr schön geworden waren durch die weißen Tupfen. Es war doch einmal etwas anderes. Auch das kleinste Teufelchen wurde durch das Vergrößerungsglas betrachtet, und richtig, es hatte auch lauter weiße Tupfen, sogar noch viel mehr als die anderen, und das kam daher, weil es so klein war.

»Das müssen wir unserer Großmutter erzählen«, riefen die kleinen Teufelchen, setzten sich auf die nächste Wolke, die gerade vorbeikam, und segelten wieder nach ihrem Höllenrauchfang ab. Sie rutschten darin hinunter, eines nach dem anderen, und eines an den Schwanz des anderen angehakt, und so kamen sie wieder unten in der Hölle an.

»Großmama«, riefen die Teufelchen, »Großmama, sieh bloß, was wir für schöne weiße Tupfen bekommen haben!«

Des Teufels Großmutter machte Augen wie Suppenteller, und der Kochlöffel fiel ihr aus der Hand.

»Wo seid ihr gewesen?«, schrie sie böse, »in der Mehlkiste oder auf der Himmelswiese?«

»Auf der Himmelswiese«, sagten die kleinen Teufelchen, »und es ist sehr schön dort, und die Englein haben mit uns gespielt, und dadurch haben wir die hübschen weißen Tupfen bekommen.«

»Ich werde euch lehren, euch wieder so hübsche weiße Tupfen zu holen«, sagte des Teufels Großmutter voller Ärger, »das geht sehr schwer wieder ab, ich kenne das.«

Und sie nahm die sieben kleinen Teufelchen beim Kragen und schrubbte sie mit einer ungeheuren Bürste ganz erschrecklich ab. Aber die weißen Tupfen blieben. Da schmierte des Teufels Großmutter die sieben kleinen Teufelchen mit Ofenruß und Stiefelwichse ein und putzte fleißig mit einem ledernen Lappen nach. Es half den Teufelchen gar nichts, dass sie schrien, sie wurden alle schwarz und blank geputzt, und dann steckte sie des Teufels Großmutter alle sieben in einen großen Kessel.

Auch das kleinste Teufelchen, das man mit bloßem Auge nicht sehen konnte, hatte sie mit hineingesteckt, denn des Teufels Großmutter hatte Augen wie Suppenteller und brauchte kein Vergrößerungsglas.

»Jetzt bleibt ihr schön in der Hölle«, sagte sie und machte den Deckel vom Kessel zu.

Den Teufelchen aber gefiel es gar nicht mehr in der Hölle, seit sie auf der Himmelswiese gewesen waren, und im dunklen Kessel gefiel es ihnen erst recht nicht, was jeder gut verstehen wird. Und als sie eine Weile im dunklen Kessel gesessen hatten, bekamen sie es so satt, dass sie alle zusammen versuchten, den Deckel aufzuheben. Sie bemühten sich sehr damit, und nur das kleinste Teufelchen bemühte sich nicht, denn das hätte doch keinen Zweck gehabt, weil es viel zu klein war. Endlich gelang es, den Deckel vom Kessel ein ganz klein wenig aufzuheben, und durch den Spalt schlüpften die sieben kleinen Teufelchen und kletterten durch den Schornstein wieder hinaus aus der Hölle, eines immer am Schwanz des anderen angehakt. Und als sie oben waren, kam gerade dieselbe Wolke vorbeigesegelt, die sie damals auf die Himmelswiese mitgenommen hatte.

»Ach, bitte«, sagten die Teufelchen, »bringe uns doch wieder auf die Himmelswiese zu den weißen Englein.«

»Sehr gerne«, sagte die Wolke, denn sie war stets gefällig, und für eine Wolke ist das ja auch eine Kleinigkeit.

Die Englein freuten sich sehr, als die kleinen Teufelchen wieder angekommen waren, und sie holten auch schnell das gewaltige Vergrößerungsglas, um zu sehen, ob das kleinste Teufelchen, das man mit bloßem Auge nicht sehen konnte, auch wieder dabei wäre. Und die sieben Teufelchen freuten sich noch mehr als die Englein, dass sie nun wieder auf der Himmelswiese waren, und sie spielten alle miteinander, und die Sonne schien auf die Himmelswiese und freute sich, dass die Englein mit den Teufelchen spielten, denn das ist etwas von der Welt, die einmal kommen soll, wenn alle wieder Kinder werden.

Die sieben kleinen Teufelchen aber bekamen immer mehr weiße Tupfen, wie man sich das ja denken kann, und schließlich wurden sie alle ganz weiß und kriegten noch wunderhübsche Flügel dazu, sodass sie richtige Englein geworden waren und ganz auf der Himmelswiese geblieben sind.

Das ist die Geschichte von den sieben kleinen getupften Teufelchen, und es ist zwar nur eine kleine, aber eine sehr wichtige Geschichte. Denn einmal müssen auch alle die großen Teufel wieder Engel werden, wenn die Welt so sein wird, wie sie einmal werden soll. Und dann müssen die großen Teufel erst einmal wieder so werden wie die sieben kleinen getupften Teufelchen, denn ohne dass sie wieder Kinder werden, kommen die großen Teufel nicht in den Himmel.

Es schadet auch nichts, dass sie schwarze Kinder sind und Schwänze haben, denn so waren ja auch die sieben kleinen getupften Teufelchen. Nur Kinder müssen sie werden, sonst lernen sie es nicht, aus der Hölle herauszukriechen und mit den Englein auf der Himmelswiese zu spielen. Und je größer ein Teufel ist, umso kleiner muss er wieder als Kind werden, das versteht sich von selbst. Und des Teufels Großmutter, die eine ganz große und fette schwarze Person ist, die müsste schon so klein werden wie das kleinste von den sieben kleinen Teufelchen, so klein, dass man sie nur noch mit dem Vergrößerungsglas sehen könnte – mit bloßem Auge überhaupt nicht.

Aber ich fürchte, das dauert noch ein bisschen lange.

TIP-TIP-TIPSEL

Der Regen rann an den grauen Mauern entlang und fiel in dicken, schweren Tropfen auf das Fenstersims, tip-tip, tip-tip, tip-tip. Der Maler in seiner Werkstatt hatte den Kopf in die Hand gestützt und schaute müde auf ein großes Bild, das vor ihm auf der Staffelei stand – es war eine graue, trübe Landschaft, ohne Farben und ohne Freude, genauso grau wie der Alltag draußen und der immer rinnende Regen an den Fenstern, tip-tip, tip-tip, tip-tip.

Diese Landschaft ist wie mein Leben, dachte der Maler, so grau, so öde und so farblos ist wohl ein jedes Dasein in der Werkstatt. Man müsste Liebe haben, Macht oder Geld.

»Tip-tip, tip-tip«, sagte der Regen und rann in dicken, schweren Tropfen auf das Fenstersims.

»Tip-tip, tip-tip. Tip-Tip-Tipsel«, sagte es plötzlich, und vor dem Maler saß ein kleines, zierliches Geschöpfchen in einem nassen grauen Regenmantel und sah ihn sehr vergnügt und freundlich an.

»Tip-Tip-Tipsel«, sagte das kleine Geschöpf noch einmal, gleichsam um sich vorzustellen, »ich heiße Tip-Tip-Tipsel.«

»Das freut mich sehr«, sagte der Maler höflich, »aber Tip-Tip-Tipsel ist ein etwas sonderbarer Name. Immerhin bin ich dankbar für die Gesellschaft, ich fühlte mich gerade sehr einsam und verlassen.«

»Das geht allen so, die in einer wirklichen Werkstatt schaffen«, sagte Tip-Tip-Tipsel, »mein Name ist aber gar nicht so sonderbar. Er kommt einfach davon her, dass ich sehr nahe mit den Regentropfen verwandt bin. Die sagen den ganzen Tag tip-tip, tip-tip, tip-tip, und darum heiße ich Tip-Tip-Tipsel.«

»Ich möchte gewiss niemand zu nahe treten, aber ich finde es sehr langweilig, immer bloß tip-tip, tip-tip, tip-tip zu hören. Das ist genauso grau und so langweilig und so öde wie das ganze Leben.«

»Das kommt ganz auf die Auffassung an«, meinte Tip-Tip-Tipsel, »du weißt eben noch nicht, warum es in jeder wirklichen Werkstatt die grauen Regentage geben muss.«

»Nein, das weiß ich wahrhaftig nicht«, sagte der Maler und ärgerte sich, »ich kann mir nun auch wohl denken, warum du Tip-Tip-Tipsel heißt und mit den Regentropfen verwandt bist, denn du hast genau solch ein nasses und graues Kleid an wie sie, aber es passt gar nicht zu dir, denn du hast ein feines Gesicht und zierliche Glieder und siehst eigentlich sehr hübsch aus.«

»Du wirst schon sehen, wie gut das zu mir passt und wie nötig die grauen Regentage für die wirkliche Werkstatt sind«, sagte Tip-Tip-Tipsel und lachte.

Dabei wiegte er sich auf der Staffelei hin und her und beguckte sich das Bild des Malers von oben herab. Tip-Tip-Tipsel konnte sich das leisten, er war kaum größer als eine Hand und so leicht wie die Regentropfen.

»Das ist ein schönes Bild, das du gemalt hast«, meinte Tip-Tip-Tipsel, »aber es ist sicher noch nicht fertig, mir scheint, es fehlt noch etwas daran.«

»Das Bild ist fertig«, sagte der Maler mürrisch, »aber du hast doch recht, es fehlt wirklich etwas daran, vielleicht sogar sehr viel. Das Bild ist so grau und so öde wie das Leben, und da fehlt vieles daran, Liebe, Macht und Geld, wer weiß, was alles. So ist es unerträglich.«

»Ich will dir sagen, was daran fehlt«, meinte Tip-Tip-Tipsel, »es fehlt eine Brücke auf dem Bilde.«

»Eine Brücke?«, fragte der Maler erstaunt, »ich wüsste nicht, wozu hier eine Brücke stehen sollte. Es ist eine Stadt mit engen Gassen und Toren, in denen man sich müde herumdrückt, es ist keine Weite darin und es ist kein Fluss, auf dem man fortschwimmen könnte. Was soll da eine Brücke?«

»Ein Fluss ist gar nicht nötig«, sagte Tip-Tip-Tipsel, »wir brauchen auch nicht fortzuschwimmen, es ist doch ganz nett und heimlich in den engen Gassen und Toren, und es lässt sich gut darin eine wirkliche Werkstatt aufschlagen. Aber eine Brücke muss das Bild trotzdem haben, und zwar eine Brücke in die Luft hinein, in den Himmel und in die Ferne.«

»Ich wüsste nicht, wie man eine Brücke in die Luft bauen könnte«, sagte der Maler, »könnte man das, ich glaube, ich hätte es schon lange versucht, um aus diesen engen Gassen und Toren und aus dem grässlichen Regengrau des Alltags herauszukommen.«

»Siehst du«, sagte Tip-Tip-Tipsel, »jetzt bist du ganz umsonst ärgerlich. Eine Brücke in die Luft kann man nicht bauen mitten aus der Sonnenlandschaft heraus, auch nicht von goldenen Thronen und aus den Geldpalästen. Man kann sie eben nur bauen aus dem grauen Regentag heraus, aus der wirklichen Werkstatt des Lebens, und da sitzt du doch mitten darin. Pass einmal auf.«

Als Tip-Tip-Tipsel das gesagt hatte, fiel ein Sonnenstrahl durch die Wolken, und mitten im Alltagsgrau der Werkstatt stand auf einmal ein Regenbogen und leuchtete in sieben Farben. Er stand gerade vor Tip-Tip-Tipsel und dem Maler, und sein anderes Ende führte weit hinaus, in den Himmel, in die Ferne, und verlor sich irgendwo, wo man ihn gar nicht mehr sehen konnte. Der Sonnenstrahl war auch auf Tip-Tip-Tipsel gefallen und hatte auch ihn in sieben leuchtende Farben getaucht, und nun sah er wunderschön aus und gar nicht mehr grau und nass. Aber man konnte es nun wohl verstehen, warum er den Regentropfen so nahe verwandt und so nass und grau sein musste. Denn nur dadurch konnte sich der Sonnenstrahl in all seinen sieben Farben in ihm spiegeln.

»Das ist die Brücke in die Luft, in den Himmel und in die Ferne, und sie baut sich nur aus der wirklichen Werkstatt des Lebens und aus dem Regengrau des Alltags auf. Nur darin können sich alle die sieben Farben spiegeln«, sagte Tip-Tip-Tipsel, »und nun wollen wir beide aus den engen Gassen und Toren hinaus in das Tal der Träume gehen. Die Brücke der sieben Farben führt auch noch viel weiter, durch allerlei wundersame Gefilde bis weit hinaus in das kristallene Land. Doch das ist für dich heute noch zu weit, dazu wird es Zeit für dich sein, wenn deine Sterbeglocke läutet. Aber in das Tal der Träume können wir ganz bequem wandern. Du brauchst nur auf die Brücke der sieben Farben zu springen, und in einem Augenblick sind wir drüben im Tal der Träume. Im Tal der Träume aber kannst du alles wünschen, was du nur willst. Da gibt es tausend Möglichkeiten, und du brauchst sie nur zu denken, schon sind sie da und stehen vor dir. Gib mir die Hand und komm mit auf die Brücke der sieben Farben und in das Tal der Träume.«

Da gab der Maler Tip-Tip-Tipsel seine Hand, und wie er das getan hatte, kam es ihm vor, als wäre er ebenso klein und zierlich geworden wie Tip-Tip-Tipsel, und in einem Nu stand er oben auf der Brücke der sieben Farben und glitt mit Tip-Tip-Tipsel zusammen so schnell auf den lichten Strahlen dahin, als habe er gar keine Beine mehr und als rutsche er ganz von selbst, wohin er nur wolle. Und ehe er sich's versah, waren sie beide auf einer weiten grünen Wiese, in einem tiefen Tal.

»Das ist das Tal der Träume«, sagte Tip-Tip-Tipsel, »und nun kannst du dir wünschen, was du nur willst. Du brauchst es nur zu sagen dann wächst es ganz einfach aus dieser Wiese heraus. Ist das nicht eine feine Einrichtung?«

»Dann will ich mir wünschen, was ich im Leben immer wollte und niemals fand«, sagte der Maler.

»Das kannst du hier alles haben«, sagte Tip-Tip-Tipsel, »aber du wirst schon sehen, dass das alles ein bisschen anders aussieht, wenn man über die Brücke der sieben Farben gegangen ist und es vom Tal der Träume aus betrachtet.«

»Ich habe Liebe gesucht und habe sie nicht gefunden«, sagte der Maler, »ich will sie mir jetzt wünschen. Ich habe die Werkstatt und das ewige Regengrau des Lebens allzu satt.«

Da öffnete sich die grüne Wiese, und mitten aus ihr heraus wuchs eine Insel, von blauem Wasser umspült, und auf der Insel war ein kleiner Marmortempel in einem Rosengarten, und auf die Insel führte ein Steg von Rosenranken hinüber. Vom Gestade des Rosenufers aber winkten drei wunderschöne Frauen, eine mit schwarzem Haar, eine mit blondem Haar und eine mit rotem Haar.

Und als der Maler den Rosensteg überschritten und das Rosenufer betreten hatte, da küssten ihn die drei schönen Frauen und führten ihn mitten in den Rosengarten und in den Marmortempel hinein. Die Nacht sank über sie nieder mit ihren dunklen Schleiern, und in der warmen Sommerluft sangen die leisen Lieder lockender Lauten. Die Rosen dufteten, und an das Gestade des Rosenufers schlugen die Wellen des Wassers gleichmäßig, wie ein Wiegengesang, und warfen Perlen und schimmernde Muscheln an den Strand.

Der Maler wusste nicht mehr, wie lange er im Rosengarten und im Marmortempel verweilt hatte. Aber einmal schien es ihm, als sei es Morgen geworden. Die Rosen dufteten nicht mehr so wie in der blauen Sommernacht, die Saiten der lockenden Lauten klangen ein wenig verstimmt, und die schönen Frauen sprachen von Dingen, die nicht mehr Priesterinnendienst im Marmortempel der Liebe waren. Und je mehr die schönen Frauen redeten, umso welker erschienen die Rosen und umso zerrissener klangen die Saiten der Lauten, bis sie ganz verstummten.

»Ich sehne mich nach meiner Werkstatt«, sagte der Maler, »mir ist, als habe ich noch vieles zu schaffen.«

»Sei nicht albern, Kleiner«, meinte die Frau mit den schwarzen Haaren, »komm, küsse mich und lass die dummen Gedanken fahren. Man muss nicht denken, wenn man liebt.«

»Du wirst doch nicht in eine Werkstatt gehen und dir die Hände schmutzig machen«, rief die Frau mit den blonden Haaren. »Wie kann man sich nach einer Werkstatt sehnen, wenn man im Tempel der Liebe ist?«

»Wenn du schon schaffen willst«, sagte die Frau mit den roten Haaren, »so sammle die Perlen am Strande und fasse sie mir zu einem Diadem.«

Und die drei schönen Frauen banden den Maler mit Rosenketten und wollten ihn nicht mehr fortlassen aus dem Marmortempel der Liebe und vom Gestade des Rosenufers. Eine Rosenranke nach der anderen flochten sie ihm um die Hände und Füße, und dabei sprachen sie unaufhörlich.

Dem Maler schien es, als hätten die drei schönen Frauen gelbe Gänseschnäbel bekommen, und als er das zu sehen meinte, wünschte er sich weit fort vom Gestade des Rosenufers, und eine Sehnsucht, zu schaffen, überkam ihn, wie seit Langem nicht.

Kaum aber hatte er das gewünscht, so versank die ganze Insel mit dem Rosengarten und dem marmornen Tempel der Liebe. Der Maler stand wieder neben Tip-Tip-Tipsel im Tal der Träume, und über die große grüne Wiese wanderten wackelnd und schnatternd drei weiße Gänse, eine hinter der anderen.

»War es schön?«, fragte Tip-Tip-Tipsel.

»Ja, es war ganz schön«, sagte der Maler etwas gedehnt und schaute den drei weißen Gänsen nach, »aber auf die Dauer schien es mir doch nicht das Richtige zu sein. Die blauen Sommernächte sind so reizvoll im Rosengarten, mit den leisen Liedern lockender Lauten, aber es dürfte kein Morgen grauen über dem Tempel der Liebe.«

»Es gibt keine Liebe, über der niemals ein Morgen graut«, sagte Tip-Tip-Tipsel, »oder sie muss etwas von der großen Liebe in sich haben, die alle Menschen und Tiere umfasst, und die gedeiht nur in der wirklichen Werkstatt des Lebens. Die andere aber bleibt am besten ein Ausflug ins Tal der Träume, denn wenn du sie auf der Erde suchst, so kannst du sie nicht wieder so bequem hinwegwünschen wie hier. Doch das war ja nicht alles, was du dir gewünscht hast. Du wolltest noch die Macht kennenlernen, als du einsam in deiner Werkstatt saßest und die Regentropfen an deinem Fenster herabrannen, tip-tip, tip-tip.«

»Ja, Ehre und Macht hätte ich wohl gerne einmal kennengelernt«, sagte der Maler.

Kaum hatte er das gesagt, so wuchs aus der Wiese ein prachtvoller Palast hervor, zuerst erschienen die Turmspitzen, dann die Söller und Erker, und schließlich der ganze große Park eines Kaiserschlosses in China. Und in einem Augenblick saß der Maler mitten auf dem goldenen Thron, in einem gelben Gewande, das mit lauter Gold und Edelsteinen besetzt war, mit einer Krone auf dem Kopf und mit einem Zepter in der Hand. Um ihn herum aber standen lauter fette Mandarine, die aussahen wie dicke gelbe Zitronen mit Zöpfen hintendran, und der Maler bemerkte mit Schrecken, dass er selbst einen langen Zopf trug, der ihm überaus unbequem war.

Die dicken gelben Zitronen mit Beinen warfen sich vor ihm auf den Bauch, machten Kotau und beteten seinen Zopf an. Denn dieser war für sie das Sinnbild der Macht.

»Bitte, hört doch auf, vor mir auf dem Bauch zu liegen«, sagte der Maler, »ich finde das unbeschreiblich langweilig und albern. Erzählt mir lieber etwas Lustiges und Unterhaltendes.«

Da standen die fetten Mandarine mit den Zöpfen auf und sagten: »Nenne uns diejenigen denen wir den Kopf abschlagen können. Das ist lustig und das ist unterhaltend. Sssit – Kopf ab!«

»Es ist nichts Lustiges und nichts Unterhaltendes, einem Menschen den Kopf abschlagen zu lassen«, sagte der Maler, »ihr solltet euch schämen, wenn ihr nichts Besseres versteht.«

»Für uns ist das aber sehr lustig und unterhaltend, wenn wir jemand den Kopf abschlagen könne«, sagten die dicken Zitronen mit Zöpfen und Beinen, »das ist Sieg und Ehre und Macht.«

»Ist es denn auch für die lustig und unterhaltend, denen ihr den Kopf abschlagt?«, fragte der Maler.

»Darauf haben uns die, denen wir den Kopf abgeschlagen haben, keine Antwort gegeben«, sagten die Mandarine, »wie kannst du denn überhaupt so etwas fragen, wozu trägst du denn einen Zopf und sitzt auf einem goldenen Throne? Du bist doch der Herrscher aller deiner Untertanen. Sage uns nur, wem wir den Kopf abschlagen dürfen, wir wollen das mit Vergnügen tun. Sssit – Kopf ab!«

Und alle fielen auf den Bauch vor ihm und machten Kotau.

Da riss sich der Maler den Zopf ab und warf ihn mit der Krone den fetten Mandarinen vor die Füße.

»Ich will euren Zopf nicht tragen und will eure Krone nicht haben«, sagte er, »schlagt euch selber den Kopf ab, ihr dicken, dummen Zitronen!«

Da machten die fetten Mandarine nicht mehr Kotau vor ihm, sie standen auf und waren sehr böse, denn so hatten sie das Kopfabschlagen nicht gemeint.

»Revolution, Revolution«, schrien sie, »wenn du den Zopf nicht trägst, darfst du auch keine Macht mehr haben. Wir werden dir selber den Kopf abschlagen. Pass du nur auf! Sssit – Kopf ab!«

Jetzt ist es aber die höchste Zeit, dass ich hier herauskomme, dachte der Maler, und kaum hatte er das gedacht, da versank der ganze Kaiserpalast mit all seinen spitzen Türmen, mit seinen Erkern und Söllern, mit dem großen Park und dem goldenen Thron und mit allen den fetten Mandarinen. Der Maler aber stand wieder neben Tip-Tip-Tipsel, und auf der großen grünen Wiese kollerten ein paar dicke gelbe Zitronen mit Zöpfen und Beinen und schrien: »Sssit – Kopf ab.«

»War es schön?«, fragte Tip-Tip-Tipsel.

»Nein, es war nicht schön«, sagte der Maler, »ich mag durchaus keinen Zopf tragen, und dicke gelbe Zitronen mit Zöpfen und Beinen sind keine passende Gesellschaft für einen anständigen Menschen. Es ist auch nicht schön, vor dem einen Kotau zu machen und dem anderen den Kopf abzuschlagen, das ist eine scheußliche Methode und nicht nach meinem Geschmack.«

»Es ist nur gut, dass du das im Tal der Träume erlebt hast und nicht auf der Erde«, sagte Tip-Tip-Tipsel, »auf der Erde hättest du deinen Zopf nicht so bald wegwerfen können und wärest nicht mit so heiler Haut davongekommen. Die Macht, die an den Zöpfen hängt, ist auch keine sehr sichere Sache, sie ist ein bisschen vergänglich. Die Macht, die im Schaffen und in der Werkstatt des Lebens liegt, ist sehr viel dauerhafter. Die lebt noch weiter, wenn den dicken gelben Zitronen schon lange die Köpfe abgeschlagen sind. Aber hattest du dir nicht auch Geld gewünscht? Das kannst du auch noch kennenlernen im Tal der Träume.«

»Eigentlich habe ich genug gesehen«, sagte der Maler, »und ich sehne mich zurück in meine Werkstatt. Aber schließlich könnte ich gerade die Werkstatt sehr schön gestalten, wenn ich viel Geld hätte.«

Kaum hatte er das gesagt, da wuchs aus der grünen Wiese eine große Stadt hervor, mit Fabriken und rauchenden Schloten, und der Maler saß auf einer gewaltigen Geldkiste in einem herrlichen Hause. Um ihn herum aber standen lauter Lakaien und warteten auf seine Befehle. Sie standen ganz steif und ganz still da, und wenn er etwas von ihnen haben wollte, musste er ihnen erst ein Goldstück in den Mund werfen. Sonst rührten sie sich überhaupt nicht. Der Mund eines jeden Lakaien aber war sehr groß und klappte immer auf und zu, sodass sie alle aussahen wie riesige Sparbüchsen, die nach einem gleichen Muster in der Fabrik gefertigt und aufgestellt waren.

Das war ja einigermaßen langweilig, aber der Maler meinte, dass es doch ganz schön wäre, so reich zu sein, und er dachte sich eine Menge Dinge aus, die er gerne kaufen wollte. Doch immer, wenn er nach etwas fragte, war es schon da, und es wurde ihm gleich gebracht, sobald er nur einem Lakaien ein Goldstück in das Sparkassenmaul steckte. So kam der Maler um die ganze Freude.

»Das ist ja das reine Warenhaus«, sagte er, »ich weiß nicht, was ich dann eigentlich hier noch suchen soll. Ich will wenigstens ein bisschen spazieren gehen und mir überlegen, was ich vielleicht mit dem vielen Gelde anfangen könnte.«

»Das Spazieren gehen kostet ein Goldstück«, sagte der Lakai und sperrte sein Sparkassenmaul auf, als der Maler die Hand auf die Türklinke legte, um ins Freie zu gelangen.

»Ich habe zwar Goldstücke genug in der Kiste«, sagte der Maler wütend, »aber es ist doch geradezu blödsinnig, dass ich für das Spazieren gehen ein Goldstück bezahlen soll.«

Doch die Tür war nicht zu öffnen, und der Lakai stand davor und machte den Rachen überhaupt gar nicht mehr zu. Sein Kopf sah aus wie ein einziges großes Loch.

»Schön«, sagte der Maler, »wenn ich nicht spazieren gehen darf, ohne zu bezahlen, dann gehe ich nicht spazieren. Es fällt mir nicht ein, jemand dafür ein Goldstück in den Rachen zu werfen. Ich bin nicht verrückt. Wenn ich nicht spazieren gehen darf, will ich eben arbeiten. Ich will in meine Werkstatt und schaffen.«

Da aber war es, als ob alle die steifen und stummen Lakaien plötzlich Leben bekämen. Sie rissen die Sparkassenmäuler entsetzlich weit auf und schrien: Was? Arbeiten will er? Schaffen will er? Wer soll denn dann auf der Geldkiste sitzen und uns die Goldstücke in den Rachen werfen? Nein, das gibt es nicht, hinein mit ihm in die Geldkiste!«

Und die Lakaien ergriffen den Maler, sperrten ihn in die große Geldkiste, machten den Deckel zu und setzten sich sogar noch darauf.

Wenn ich doch bloß aus dieser scheußlichen Geldkiste wieder heraus wäre! dachte der Maler, und kaum hatte er das gedacht, so versank die Stadt mit den Fabriken und rauchenden Schloten, und das herrliche Haus mit den vielen Lakaien und der gewaltigen Geldkiste war verschwunden. Der Maler aber stand wieder neben Tip-Tip-Tipsel, und aus der großen, grünen Wiese guckte noch ein Kopf hervor, mit einem Maul wie eine Sparbüchse, und klappte die Kinnlade voller Erbosung auf und zu.

»War es schön?«, fragte Tip-Tip-Tipsel.

»Es war entsetzlich«, sagte der Maler, »ich möchte wahrhaftig nie wieder in einer Geldkiste eingesperrt sein. Es ist sehr dunkel darin, die Luft ist allzu schlecht, und es ist überhaupt ein recht enges Verhältnis.«

»Ja, die Geldkiste darf eben nicht so groß sein, dass der ganze Mensch darin verschwindet«, sagte Tip-Tip-Tipsel, »auf der Erde wärest du auch nicht so bald wieder aus einer Geldkiste herausgekommen. Es ist nur gut, dass du das im Tal der Träume erlebt hast, da konntest du dich gleich wieder wegwünschen. Aber wie denkst du nun über die regengrauen Tage und über deine einsame Werkstatt?«

»Davon wollte ich gerade sprechen«, sagte der Maler, »ich möchte am liebsten gleich wieder dorthin zurück.«

Und als der Maler das gesagt hatte, glitt er über die Brücke der sieben Farben mit Tip-Tip-Tipsel zusammen auf die Erde zurück und saß in einem Augenblicke wieder vor seiner Staffelei und vor dem Bilde mit der grauen Landschaft. Dann gab ihm Tip-Tip-Tipsel die Hand, sagte freundlich ‚Auf Wiedersehen!' und war verschwunden.

Der Maler aber nahm Pinsel und Palette und malte mit schönen, leuchtenden Farben einen großen Regenbogen in die graue Landschaft hinein, und der schimmerte wie ein Edelstein über den engen Gassen und Toren und über der Werkstatt des Lebens.

Tip-Tip-Tipsel ist noch oft zum Maler in seine Werkstatt gekommen, und sie sind beide noch oft zusammen auf der Brücke der sieben Farben in das Tal der Träume gewandert. Und der Maler malte noch viele farbenfrohe Bilder, und er malte das Tal der Träume in den Alltag des Daseins hinein. Er malte auch schöne Frauen mit Gänseschnäbeln, dicke gelbe Zitronen mit Zöpfen und Beinen, und Sparbüchsen mit gewaltigen Mäulern. Die vielen Menschen, die diese Bilder sahen, lachten darüber und fanden sie sehr komisch. Sie merkten aber gar nicht, dass gerade diese Bilder sie alle selber vorstellten.

Wie hätten sie das auch bemerken sollen? Sie schnattern in den Rosengärten, tragen ihre Zöpfe auf den Thronen oder sitzen eingesperrt in einer Geldkiste, und sind niemals mit Tip-Tip-Tipsel auf der Brücke der sieben Farben aus der wirklichen Werkstatt des Lebens in das Tal der Träume gegangen.

Das ist die Geschichte von Tip-Tip-Tipsel.

ARCHIBALD PICKELBEUL

In einem Blumentopf im Fenster lebte einmal ein Kaktus – dick, grün und beschaulich. Er setzte Pickel um Pickel und Beule um Beule an, und dieser Kaktus hieß Archibald Pickelbeul.

Neben ihm stand eine Rose und reckte duftende Blüten ins Sonnenlicht. Aber Herr Pickelbeul nahm kein Interessen an ihr, weder ein sachliches noch ein persönliches. Denn sachliche Interessen hatte er überhaupt nicht, und sein persönliches Interesse erschöpfte sich restlos darin, seinen fetten grünen Bauch in der Sonne zu wärmen und Pickel um Pickel und Beule um Beule anzusetzen, aber langsam und ohne Übereilung. Der Pickel, der heute nicht kommt, kommt morgen, und die Beule, die morgen nicht kommt, kommt übermorgen. Also war Archibald Pickelbeul.

»Dasein ist alles«, sagte Archibald Pickelbeul – und er war da.

»Herr Pickelbeul«, meinte die Rose und neigte verbindlich eine Blüte zu ihm hinüber, »wollen Sie nicht auch einmal blühen?«

»Wozu?«, fragte Archibald Pickelbeul.

»Es ist Sommer und die ganze Natur jubelt.«,

»Soll sie ruhig tun«, sagte Archibald Pickelbeul.

»Sie verjüngt sich.«

»Das tu' ich auch, Beule um Beule.«

»Ihre Beulen in Ehren, aber Sie sollten blühen«, sagte die Rose, »warum blühen Sie nicht?«

»Es juckt mich nicht«, sagte Archibald Pickelbeul unhöflich.

»Es juckt nicht?«, fragte die Rose enttäuscht. »Was hat denn das damit zu tun? Muss es Sie jucken, damit Sie blühen? Ist Blühen nicht Schönheit, die von selbst in der Sonne erwacht? Ein Mysterium?«

»Nun ja, dann juckt's doch«, sagte Archibald Pickelbeul.

Über die Scheiben seines Glases guckte der Laubfrosch Moritz Fingerfeucht. In der ihm eigenen pneumatischen Art klebte er an seiner Umgebung und blickte mit ebenso vorwurfsvollen als erheblichen Augen auf Archibald Pickelbeul.

»Sie sollten nicht davon reden, dass es sie juckt«, sagte er, »man sollte viel eher meinen, dass es einen selbst jucken kann, wenn man Sie ansieht samt Ihren Haaren und Stacheln. Ich möchte mich nicht auf Sie setzen.«

»Dazu habe ich Sie auch nicht eingeladen«, sagte Archibald Pickelbeul nicht unrichtig.

»Herr Pickelbeul«, sagte Moritz Fingerfeucht, »Herr Archibald Pickelbeul, gerade wenn man so aussieht wie Sie, sollte man etwas für die Schönheit tun und wenigstens blühen.«

»Was tun denn Sie für die Schönheit?«, fragte Archibald Pickelbeul geärgert.

Moritz Fingerfeucht machte mit dem schlüpfrigen Arm eine großartige Geste. »Ich singe – und auch wenn ich nicht sänge, ich bin schön an sich«, sagte er mit bescheidenem Selbstbewusstsein.

»Tun sie Ihren großen Mund zu«, sagte Archibald Pickelbeul.

»Ich weiß, Herr Pickelbeul ist mehr für das Zweckmäßige«, sagte die Rose einlenkend, »aber, mein lieber Herr Pickelbeul, sehen Sie sich Frau Knolle im Garten unten an, eine brave Kartoffelmutter und eine hochachtbare Person. Sie übersieht keineswegs die Notwendigkeit der Beulenbildung in der Erde, aber auch sie blüht regelmäßig und ohne dass es sie juckt. Blühen ist Schönheit, die von selbst in der Sonne erwacht...«

»Ich weiß schon«, sagte Archibald Pickelbeul.

»Ich nehme ein gewisses biologisches Interesse an Ihnen«, sagte Moritz Fingerfeucht, »wann juckt es sie, und wann und wo blühen Sie?«

»Wenn's mich eben juckt«, sagte Archibald Pickelbeul, »irgendwann und irgendwo, wahrscheinlich auf dem Bauch.«

»Archibald«, flötete die Rose und streute eine duftende Blüte über ihn, »der Sommer ist da, die Sonne scheint, und alles blüht – Archibald, willst du nicht auch blühen?«

»Aber wenn's mich doch nicht juckt!«, schrie Archibald Pickelbeul voll Erbosung.

Viele Leute heißen Archibald Pickelbeul oder so ähnlich. Pickel um Pickel und Beule um Beule setzen sie an, eine stacheliger als die andere. Sie blühen gar nicht oder selten einmal, irgendwann und irgendwo, meistens auf dem Bauch. Aber sonst – Sommer, Sonne, Schönheit – es juckt sie eben nicht!

PORZELLAN

Porzellan ist so rein, so weiß und kühl, und man sollte gar nicht glauben, wie lebendig es werden kann, und so ist vieles im Leben, das aussieht wie Porzellan. Am Tage steht es stumm und steif und zierlich da, aber wenn die Sonne gesunken ist und die letzten Lampen in der Dämmerung erlöschen, dann atmet das Porzellan tief auf im blauen Mondlicht und regt sich und redet. Und beim Porzellan ist es auch so, dass die größten Schnauzen am meisten reden. Aber das ist gar nicht immer gut.

»Der Mondschein ist heute so fade«, sagte eine alte Kaffeekanne, die eine große und spitze Schnauze hatte und zur Kritik neigte. Alte Kaffeekannen haben meistens spitze Schnauzen und neigen zur Kritik.

Die Kaffeetassen um sie herum klirrten leise Beifall. Sie hatten dasselbe Muster und richteten sich ganz nach der Kaffeekanne.

»Wir sind eben immer der gleichen Meinung, meine Damen«, sagte die Kaffeekanne befriedigt, »das kommt daher, weil wir alle aus derselben Familie sind und das gleiche, vornehme, solide Zwiebelmuster haben, so gar nichts Leichtsinniges oder Selbstständiges. Aber dort über uns, oh du lieber Himmel, was ist das für eine bunte, gemischte Gesellschaft! Es ist mir, als stieße ich mich an eine scharfe Ecke, wenn ich daran denke, welch ein Gesindel über uns im Glasschrank steht.«

Die Kaffeekanne schlug die Augen in frommer Ergebung nach oben. Denn über ihr standen eine Nymphe und ein Mohr, eine Schäferin und ein Lautenspieler, und schließlich noch ein Chinese ohne Beine. Die alle konnten durch die Glasscheibe heruntergucken, und das taten sie auch. Es stand auch noch ein schwarzer Teufel dabei mit gruseligen, roten Augen und Hörnern auf dem Kopf. Aber über den sagte die Kaffeekanne grundsätzlich nichts Abfälliges, denn die Kaffeekannen mit der spitzen Schnauze und der Teufel haben irgendwie gemeinsame Interessen.

»Gehen Sie nur, meine Damen«, sagte die Kaffeekanne, »diese entsetzliche Nymphe! Hat sie irgendetwas an? So gut wie nichts! Es ist unsagbar peinlich. Wenn man bedenkt, dass die kleinen, unschuldigen Mokkatassen das sehen könnten!«

Die Kaffeetassen klirrten, und die kleinen, unschuldigen Mokkatassen kicherten vor Vergnügen, denn sie hatten natürlich alles gesehen.

»Was sagen Sie dazu, liebe Cousine?«, fragte die Kaffeekanne eine dicke Teekanne, die neben ihr saß, und stieß sie mit dem Henkel in die Seite, »ist es nicht empörend?«

Die Teekanne war rund, sanft und behaglich. Sie schlummerte beinahe immer und verstand niemals, wenn man sie etwas fragte. Als die Kaffeekanne sie anstieß, hob sie den Deckel ab und grüßte.

»Guten Abend«, sagte sie und schlief wieder ein.

»Haben Sie denn gar nichts anzuziehen?«, rief die Kaffeekanne nach oben und schielte bedenklich nach der Nymphe, »in Griechenland ist es wohl sehr warm, Mademoiselle? Aber hier sind wir nicht in Griechenland, sondern wo anders.«

Damit, dass man hier nicht in Griechenland war, sondern ganz woanders, hatte die Kaffeekanne nur allzu sehr recht.

Die Nymphe sagte kein Wort und kehrte der Kaffeekanne einfach den Rücken zu. Sie war auf dem Rücken genauso nackt wie vorne.

»Entsetzlich, meine Damen«, sagte die Kaffeekanne, »und sehen Sie sich einmal den schwarzen Mohr an. Ist das nicht scheußlich? Wenn man so schwarz ist, soll man nach Afrika gehen. Hier bei uns ist das doch eine Blamage.«

Dass der Teufel auch so schwarz war, ja, noch schwärzer, darüber sagte die Kaffeekanne kein Wort.

»Pst, Sie Schwarzer!«, rief die Kaffeekanne nach oben, »warum gehen Sie nicht nach Afrika?«

Der kleine Mohr aber hatte ein anderes Temperament als die griechische Nymphe.

»Bäh!«, sagte er und streckte der Kaffeekanne die Zunge heraus.

Als der Teufel sah, dass es Streit geben würde, rieb er sich die

Hände vor Vergnügen, rollte mit den roten Augen und kokettierte mit den Hörnern. Er hatte Sympathien für die alte Kaffeekanne, denn sie sorgte immer dafür, dass es ihm erfreulich ging und dass er etwas zu tun hatte.

Der Chinese sagte nichts und nickte mit dem Kopf. Es war dies das Einzige, was er wollte oder konnte. Er hatte keine Beine, sondern nur einen Bauch, gelb wie eine Zitrone, und auf dem Bauch einen Kopf, mit dem er wackelte. Mehr brauchte er nicht, denn es war ein Weiser aus China, und da genügt das. Die Kaffeekanne konnte ihn eigentlich auch nicht leiden, aber da er auf alle Beleidigungen, die sie ihm zugerufen hatte, nur immer freundlich mit dem Kopfe nickte, fand sie es langweilig und ließ ihn in Ruhe. ‚Wackelkopf' war das Letzte, was sie über ihn gesagt hatte, und das ist für einen Weisen aus China immerhin ein ziemlich starker Ausdruck. Aber auch dazu hatte er genickt, und seitdem hielt sie ihn für blödsinnig.

»Bäh!«, sagte der kleine Mohr noch einmal und streckte die Zunge zum zweiten Male heraus. Es war eine lange, breite, rote und gesunde Zunge. »Dieser schwarze Bengel ist abscheulich«, sagte die Kaffeekanne, »mein Himmel, was sind das für afrikanische Manieren mitten unter unserem vornehmen Zwiebelmuster! Aber diese nackte Nymphe und der eklige kleine Mohr sind noch lange nicht das Schlimmste. Das Schlimmste, meine Damen, ist das Liebespaar über uns, das sich nicht schämen wird, sich demnächst vor unseren Augen zu küssen!«

Die Kaffeetassen klirrten entrüstet und sahen neugierig nach oben. Dort saß eine niedliche kleine Schäferin mit einem Blütenkranz im Haar, und vor ihr kniete ein Pierrot mit einer Laute und sang für sie ein altes Liebeslied aus der Provence. Sie sah zu ihm hinunter und wippte mit dem zierlichen Fuße den Takt der Melodie, die schon so viele vor ihnen gesungen hatten, im blauen Mondlicht und mit dem Blütenkranz im Haar.

Der Teufel rollte mit den roten Augen, kokettierte mit den Hörnern und rieb sich die Hände vor Vergnügen. Auf dem Gebiet der Liebe waren die alten Kaffeekannen mit der spitzen Schnauze für ihn von unschätzbarer Bedeutung.

Die feine Porzellanuhr aber, die ganz oben auf dem Glasschrank über allen stand und allen ihre Stunden schlug, wollte auch wirklich gerade die Stunde schlagen, zu der die Schäferin und der Pierrot sich küssen sollten. Denn die Uhr geht ihren Gang, und sie nimmt keine Rücksicht auf die alten Kaffeekannen und ihre spitzen Schnauzen.

»Ja, das ist das Schlimmste«, sagte die Kaffeekanne, »aber das Allerschlimmste ist es noch nicht. Das Allerschlimmste, meine Damen, ist ...«

Die Kaffeetassen zitterten vor Aufregung, und die unschuldigen kleinen Mokkatassen kicherten vor Vergnügen.

»Liebe Cousine, hören Sie auch, was das Allerschlimmste ist?«, fragte die Kaffeekanne und stieß die dicke Teekanne mit dem Henkel an.

Die Teekanne wachte auf, hob den Deckel ab und grüßte.

»Guten Abend«, sagte sie und schlief wieder ein.

»Das Allerschlimmste, meine Damen, ist, dass diese Liebenden, an denen wir mit Recht Anstoß nehmen, sich nicht einmal treu sind! Der Pierrot hat soeben mit der nackten Nymphe Blicke getauscht, und die leichtsinnige Schäferin hat ihren Blütenkranz dem schwarzen Negerscheusal geschenkt.«

Der Teufel rieb sich die Hände derartig vor Wonne, dass sie anfingen abzufärben und helle Flecken bekamen.

Es war aber gar nicht wahr, was die Kaffeekanne gesagt hatte. Denn die Nymphe hatte sich abgewandt, und auf dem Rücken hat auch eine Nymphe keine Augen, und der kleine Mohr hatte keinen Blütenkranz in der Hand, sondern ein großes Messer, wie das für einen Schwarzen aus Afrika einfach zur Garderobe gehört. Es war aber kein Mordmesser, sondern ein Messer für Butterbrote, denn der kleine Mohr war eine ganz harmlose Person und bloß aus Porzellan.

Die Laute aber und die Herzen sind empfindliche Dinge, auch wenn sie nicht aus Porzellan sind, und sie fragen nicht immer, ob etwas wahr ist oder nicht. Und so geschah es, dass eine Saite auf der Laute des Pierrots zerriss und das Herz der kleinen Schäferin einen Sprung bekam. Das alte träumende Liebeslied aus der Provence verstummte, der Pierrot sah traurig zu Boden, und die kleine Porzellanuhr über ihnen schlug silbern die Stunde, da sie sich küssen sollten. Aber es war nicht mehr ihre Stunde, die ihnen schlug, und sie küssten sich nicht mehr. Es ist etwas Trauriges um einen Sprung im Herzen und um eine zerrissene Saite.

Der kleine Mohr aber war der Tapferste von allen. Er ergrimmte, als er das alles sah, so sehr, dass er sein Butterbrotmesser von sich warf und einen Putzlappen erwischte. Und mit diesem Putzlappen sprang er durch den schmalen Spalt zwischen den Fächern des Glasschrankes hindurch und stopfte der Kaffeekanne die spitze Schnauze, sodass sie nicht einmal mehr das Wort Kaffee aussprechen konnte.

Als aber der Teufel das sah, rieb er sich nicht mehr die Hände, sondern ihm wurde mit einem Male sehr flau zumute. Und dann fiel er um und zerbrach in lauter Scherben. Denn immer, wenn einer alten Kaffeekanne die spitze Schnauze gestopft wird, wird einem Teufel flau und er geht kaputt. Darum kann man das gar nicht oft und nachdrücklich genug besorgen.

Die Nymphe lachte, und der kleine Mohr strich sich sein Butterbrot mit dem großen Butterbrotmesser, und das hatte er gewiss reichlich verdient. Die Schäferin sah den Pierrot an, und der Pierrot sah die Schäferin an, und dann küssten sie sich doch noch. Die Uhr aber tat ihnen den Gefallen und schlug die Stunde, die ihnen bestimmt war und die sie verpasst hatten, noch einmal.

Es geschieht nur ganz selten im Leben, dass eine Stunde, die einem bestimmt war und die man verpasst hat, noch einmal wieder schlägt. Darum soll man sehr vorsichtig sein mit allem, was aus Porzellan ist und was so leicht einen Sprung bekommt. Nachher ist es zu spät.

Es haben ja wohl alle irgendeinen Sprung im Herzen, und daran ist selten etwas zu ändern. Und man mag wohl einen Sprung im Herzen bekommen um eine zerrissene Saite und um ein verstummtes Lied, um einen Kuss, der nicht geküsst wurde, oder um eine Stunde, die einem niemals schlug – aber keinesfalls soll man einen Sprung bekommen bloß wegen der spitzen Schnauze einer alten Kaffeekanne. Die soll man tüchtig mit einem Putzlappen stopfen, wo man sie nur immer findet. Denn die ist keinen Sprung im Herzen wert.

Der Weise aus China ohne Beine und mit dem gelben Bauch meinte wohl ganz dasselbe, denn er nickte mit dem Kopfe dazu. Aber es ist freilich wahr, dass er auch vorher stets mit dem Kopf genickt hatte. Wahrscheinlich konnte er gar nicht anders, und dann darf man auch nicht allzu viel darauf geben. Vielleicht war er auch gar kein Weiser, denn eigentlich war er nicht aus China, sondern aus Meißen.

Die dicke Teekanne aber hatte die ganze Geschichte verschlafen, und sie wusste nichts von einem Sprung im Herzen. Nur als der Teufel in Scherben ging, wachte sie schnell ein bisschen auf, hob den Deckel ab und grüßte.

»Guten Abend«, sagte sie und schlief gleich wieder ein.

MITTSOMMERNACHT

Die hellblaue Dämmerung der Mittsommernacht hatte sich über Wald und Wiesen gebreitet, und die Fledermäuse waren fleißig umhergeflattert und hatten es überall gemeldet, dass heute zur Sonnenwende die Elfen im Elfenring tanzen würden. Und als die Nacht tiefblau geworden war und die Sterne über ihr hingen wie goldene Ampeln, da traten die Elfen in den Elfenring und fassten sich bei den Händen. Sie trugen Schleier von Spinnweb, und in ihren hängenden Haaren saßen Leuchtkäfer und bildeten smaragdene Diademe im Elfenhaar, wie sie kein Goldschmied der Welt hätte schmieden können. Die Leuchtkäfer aber taten das ganz ohne Mühe und aus lauter Gefälligkeit.

Viele Tiere des Waldes, welche die Fledermäuse eingeladen hatten, waren gekommen, um zuzusehen, denn der Tanz der Elfen in der Mittsommernacht ist etwas ganz Besonderes. Die Welt harrt ja auf Erlösung, und zu jeder Sonnenwende fragt sie, ob es die große Sonnenwende ist und ob es Tag wird um Balders Bahre.

Es waren seltene Gäste unter den Tieren, und ein Einhorn und ein Bär wurden besonders bestaunt, die in grauen Zeiten hier im Walde gelebt hatten und nun im Geisterlande wohnten. Aber heute waren sie gekommen, denn in der Mittsommernacht verschwistern sich alle Welten, alle Geheimnisse von Gottes Schöpfung reden und werden sichtbar dem, der hören und sehen kann. Die Menschen können das nicht mehr, seit Balder von Loki getötet wurde, und seitdem sind die Menschen böse geworden zu den Tieren und zu den Märchenwesen. Aber es wird eine Macht gehalten an Balders Bahre, und einmal wird er erwachen im Morgenlicht zur Sonnenwende, und darauf wartet die Welt.

Die Fledermäuse hatten sich, erschöpft von den vielen Einladungen, an den Ästen der Bäume aufgehängt, mit dem Kopf nach unten, sodass sie bequem zuschauen konnten. Auf der Spitze einer Tanne aber hockte ein Rabenrat von drei Raben, der immer ‚krah' sagte, und darum war er sehr beliebt, denn man hielt das stets für eine Zustimmung. Die Rabenräte, die nur ‚krah' sagen, sind ja auch anderswo eine sehr geschätzte Einrichtung. Die Pilze waren geradezu zahllos erschienen, denn die Pilze sind neugierig und erscheinen bei allen solchen Festlichkeiten, obwohl es ihnen große Mühe macht, auf ihren kurzen Beinen heranzuwackeln. Sie stören eigentlich sehr, denn alle müssen darauf achten, sie nicht zu treten, weil sie so viele sind und einer kleiner ist als der andere.

»Du frierst doch nicht?«, fragte eine Elfe einen alten Stein, der nahe am Elfenring stand und sich den Moosrock sorgsam enger zog.

»Nein, vielen Dank, ich friere nicht«, sagte der alte Stein, »wenn man viele tausend Jahre die Nebel der Erde um sich herum gehabt hat, friert man nicht so leicht. Auch schaffen wir uns ja, wenn wir älter werden, die warmen Moosröcke an. Aber es krabbelte so sonderbar auf meinem Rücken und auf meinem Kopf, darum zog ich mir den Moosrock und die Moosmütze fester.«

Die Elfe guckte hin. Auf dem Kopf des alten Steines saß ein Igelkind und schnullte an der Pfote.

»Es ist bloß ein Igelkind«, sagte die Elfe, »tu die Pfote aus dem Mund, Kleiner.«

»Die Feier im Elfenring beginnt!«, rief die Elfenkönigin und schwang eine blaue Glockenblume als Zepter.

»Krah«, krächzte der Rabenrat beifällig und putzte sich die Federn.

Das Igelkind sah die Elfenkönigin an. Sie gefiel ihm über alle Maßen, und es beschloss, sich bald mit ihr bekannt zu machen.

»Pfui«, sagte die Elfenkönigin, »wer ist denn das?«

»Pfui«, riefen die Elfen, »mit dem wollten wir nicht tanzen.«

»Den haben wir auch gar nicht eingeladen«, meinten die Fledermäuse und raschelten erbost mit den Flughäuten.

»Das ist der Zauberer Zitterzipfel«, sagte ein Eichhörnchen, »ich kenne ihn, denn ich werfe ihm manchmal Tannenzapfen auf den Kopf.«

Auf der grünen Wiese saß der Zauberer Zitterzipfel, ein langes, dürres gelbes Scheusal mit einem hohen, lächerlichen Hut, und rührte mit dem Kochlöffel in einer Suppenschüssel.

»Zitterzipfel«, fragte die Elfenkönigin, »Zitterzipfel, was ist das für ein alberner Hut, den du auf dem Kopf hast?«

»Das ist der Hokuspokushut meiner Wissenschaft, und er ist bei den Menschen sehr geschätzt«, sagte der Zauberer Zitterzipfel.

»Zitterzipfel«, fragte die Elfenkönigin, »Zitterzipfel, was ist das für eine eklige Suppe, in der du rührst?«

»Das ist meine Giftsuppe, die ich immer rühre, und sie ist bei den Menschen sehr beliebt«, sagte Zauberer Zitterzipfel.

»Zitterzipfel«, sagte die Elfenkönigin, »wir sind hier nicht bei den Menschen, und wir machen uns gar nichts aus dem Hokuspokus deiner Wissenschaft und aus deiner ekligen Suppe.«

»Immer, wenn Sonnenwende gefeiert wird, kommt irgendein Zauberer Zitterzipfel, wackelt mit seinem Hokuspokushut und rührt seine Giftsuppe dazu«, murrten die Tiere, »Zitterzipfel soll machen, dass er fortkommt. Hier geht es anständig zu, wir sind hier nicht unter Menschen.«

»Zitterzipfel«, sagte die Elfenkönigin, »du hörst, dass du hier nicht beliebt bist. Wir haben dich auch nicht eingeladen. Mach', dass du fortkommst.«

Aber der Zauberer Zitterzipfel blieb sitzen. Er wackelte mit dem Hokuspokushut seiner Wissenschaft und rührte emsig in seiner Giftsuppe herum. Die Zitterzipfels sind überaus zähe Leute. Es ist ihnen ganz gleich, ob man sie eingeladen hat oder nicht. Sie kommen überallhin und rühren ihre Giftsuppen.

Der Bär brummte, und das Einhorn bewegte sein Horn bedenklich hin und her.

»Wir wollen uns nicht um Zitterzipfel kümmern«, rief die Elfenkönigin, »mag er seine giftige Suppe rühren, wo er will. Kommt, wir wollen den Elfenring schließen und den Elfenreigen tanzen! Wer will heute mein König sein für eine blaue Mittsommernacht?«

Alle schwiegen, denn das war eine große Ehre, und es wagte sich niemand zu melden. Bloß dem Igelkind schien nun der richtige Augenblick gekommen, um sich mit der Elfenkönigin bekannt zu machen.

»Ich will dein König sein!«, rief es und sah die Elfenkönigin aus seinen schlauen Äuglein liebevoll an.
Die Elfenkönigin schaute auf das Igelkind und lachte.
»Tu die Pfote aus dem Mund, Kleiner«, sagte sie.
»Dich werde ich gleich in meine Giftsuppe stopfen«, sagte der Zauberer Zitterzipfel und streckte den dürren langen Arm nach dem Igelkind aus, »solche Versuche sind die vornehmste Beschäftigung der Zitterzipfels, und davon haben sie ihre große Hokuspokuswissenschaft.«
»Untersteh dich!«, riefen die Elfen und stellten sich vor das Igelkind.
»Fort mit Zitterzipfel!«, befahl die Elfenkönigin.
In demselben Augenblick stürzten sich der Bär und das Einhorn auf den Zauberer Zitterzipfel. Das Einhorn stieß ihn mit dem Horn vor den Bauch, dass er umfiel und die Giftsuppe verschüttete, und der Bär ohrfeigte ihn und drückte ihm mit den Tatzen den Hokuspokushut ein. Und als der hohe Hut in sich zusammenfiel, da sah man es deutlich, dass er eigentlich bloß eine künstliche aufgeblasene Zipfelmütze war, und das erlebt man bei allen Hokuspokushüten, wenn man sie bloß richtig anfasst. Darum soll man das immer eifrig tun, denn wir haben viel zu viele aufgeblasene Zipfelmützen in der Welt.
Der Zauberer Zitterzipfel zitterte am ganzen Leibe vor Wut. Aber er setzte sich wieder auf die grüne Wiese vor dem Elfenring und blieb dort sitzen. Die Zipfelmütze blies er wieder sehr kunstvoll auf und stopfte den Kochlöffel in die Suppenschüssel. Bloß die Giftsuppe war ausgeronnen, und das tat ihm sehr leid. Er spuckte aber mit Überzeugung in die Schüssel, um das wieder zu ersetzen. Die Zitterzipfels sind überaus zähe Leute. Man kann sie vor den Bauch stoßen, sooft man will, und man kann ihnen den hohen Hokuspokushut ihrer Wissenschaft eintreiben, sie bleiben sitzen und spucken und rühren weiter in ihrer ekligen Giftsuppe. Sie werden wohl erst verschwinden, wenn die große Sonnenwende kommt und Balder erwacht.
»Der Bär soll mein König sein!«, rief die Elfenkönigin, »für die Ohrfeigen, die er Zitterzipfel gegeben hat, und weil er ihm seinen

albernen Hut vom Kopfe schlug. Der Bär soll mein König sein für diese blaue Mittsommernacht!«

»Krah«, sagte der Rabenrat und schlug begeistert mit den Flügeln, und alle Pilze schrien: »Hoch!«

Der Bär lächelte, dass seine Mundwinkel bis an die Ohren reichten.

»Viel Ehre, viel Ehre«, murmelte er, »damit habe ich nicht gerechnet, ich war ja eigentlich nur hierher gekommen, um mich ein wenig zu zerstreuen.«

»Komm zu mir, Meister Petz!«, sagte die Elfenkönigin.

Da trottete der Bär zur Elfenkönigin und setzte sich neben sie, und sie krönte ihn mit einer kleinen goldenen Krone zu ihrem König für eine blaue Mittsommernacht. Das Krönlein war so klein, dass es beinahe im Fell des Bären verschwand.

»Es wird schon halten in deinem dicken Pelz, Meister Petz«, sagte die Elfenkönigin und küsste den Bären mitten auf die Schnauze.

Der Bär beschnupperte sie voller Zärtlichkeit und flüsterte ihr Schmeicheleien ins Ohr, denn die hört auch eine Elfenkönigin gerne, und die versteht auch ein Bär in der Mittsommernacht zu sagen.

Da flammte ein Wetterleuchten auf in der Ferne, in grünen und blauen Flammen.

»Nun schlingt den Elfenreigen im Elfenring!«, rief die Elfenkönigin und schwang ihr Glockenblumenzepter.

Die Elfen fassten sich bei den Händen und schlossen den Elfenring. Mit den funkelnden Diademen von Leuchtkäfern im hängenden Haar und im Wetterleuchten der grünen und blauen Flammen tanzten sie beim fernen Donnergrollen und sangen das uralte Elfenlied dazu:

> *»Sonnenwendesommernacht –*
> *Habt auf seltne Wunder acht.*
> *Silbern west im Mondenschein*
> *Elfenring und Elfenreihn.*
> *Aus vergessner Modergruft*

Blüht's hervor im Rosenduft,
Funkelt hier und leutet dort,
Grauer Zeiten goldner Hort.
Edelsteine, hell und klar,
Opferschalen am Altar,
Königskronen aus Kristall,
Blanke Waffen von Walhall.
Und die Sehnsucht bangt und fragt,
Ob's um Balders Bahre tagt.
Sonnenwendesegen spricht
Tief im Grund und hoch im Licht.
Tu uns dein Geheimnis kund,
Hoch im Licht und tief im Grund.
Habt auf seltne Wunder acht –
Sonnenwendesommernacht.«

Da lohte ein blendender Blitz auf, der Donner dröhnte, als ob Himmel und Erde bebten, der Waldgrund im Elfenring wurde klar wie grünes Glas, und aus ihm leuchtete der heilige Hort aus dem Jugendland der Welt hervor, mit schimmernden Schalen von Edelstein und den blanken Waffen von Walhall.

Die Elfen verstummten, die Tiere neigten sich, und das Einhorn kniete nieder vor dem leuchtenden Hort.

»Vor abertausend Jahren habe ich diesen Schatz gesehen«, sagte es, »ich sah, wie sie die schimmernden Schalen füllten am Altar, und ich sah, wie sie diese Königskronen trugen und die blanken Waffen von Walhall. Balder starb, und die heiligen Horte versanken. Aber nun wird es wieder Licht werden um Balders Bahre.«

Der Zauberer Zitterzipfel war verschwunden. Er hatte sich in Dunst aufgelöst und mit ihm der Hokuspokus seiner Wissenschaft. Die Zitterzipfels sind überaus zähe Leute. Sie kommen überallhin, wo man sie nicht eingeladen hat, und wenn man sie auch vor den Bauch stößt und ihnen den Hokuspokushut vom Kopfe schlägt, dass er zur Zipfelmütze wird – sie bleiben ruhig sitzen und rühren weiter in ihrer Giftsuppe. Aber die schimmernden Opferschalen aus dem Jugendland der Welt und die blanken Waffen von Walhall können sie nicht ertragen. Dann lösen sie sich in Dunst auf, denn daraus sind sie geboren samt ihrer ganzen Hokuspokuswissenschaft.

Oben auf dem Gipfel des grünen Hügels aber stand Frau Frena. Sie breitete die Arme weit in die Mittsommernacht, und ihr zu Füßen saßen ihre wundervollen Katzen und schauten mit smaragdnen Augen auf den leuchtenden Hort aus dem Jugendland der Welt.

Die Elfenkönigin senkte ihr Zepter der blauen Glockenblume.

»Nun ist die große Sonnenwende gekommen«, sagte sie, »wir alle können erlöst werden, und die Menschen werden wieder zurückgerufen in das Jugendland der Welt, zur Geschwisterschaft mit den Tieren und Märchenwesen, zum Garten, der einmal war. Aber wer wird uns helfen, wer wird diese Opferschalen füllen und die Waffen von Walhall wieder aufnehmen?«

»Es gibt noch Menschen, die Lichtwaffen tragen«, sagte der Bär. »Heute bin ich ja nur im Urlaub hierher gekommen, um mich ein wenig zu zerstreuen. Aber sonst geleite ich eine Menschenseele, die Lichtwaffen führt, und helfe sie betreuen mit meinen Tatzen. Ich will gehen, um ihr von dieser Mittsommernacht zu erzählen und ihr zu sagen, dass sie nicht mehr so allein steht, und dass die große Sonnenwende gekommen ist.«

Und der Bär küsste die Elfenkönigin und verschwand im Wald. Auch die anderen Tiere wandten sich langsam ab und wanderten hinaus in den Wald, um es überall zu erzählen, dass der heilige Hort aus dem Jugendland der Welt wieder emporgetaucht sei, und dass es wieder Licht werde um Balders Bahre. Auch der Rabenrat sagte ‚krah' und löste sich auf. Der Morgen graute, die Leuchtkäfer erloschen im Elfenhaar, die Elfen schwebten in den grünen Tannengrund hinaus, und leise verklang ihr Lied in der Ferne:

»*Habt auf seltne Wunder acht –*
Sonnenwendesommernacht.«

Frau Frena aber stieg vom Hügel herab mit ihren Katzen. Sie stellte sich vor den heiligen Hort und wartete auf die Sonne.

Dem Igelkind gefiel Frau Frena über alle Maßen, und es beschloss, sich bald mit ihr bekannt zu machen.

»Nun kommt, die ihr berufen seid«, rief Frau Frena, »füllt wieder die Opferschalen und tragt die Waffen von Walhall!«

»Das will ich gern besorgen«, sagte das Igelkind und sah Frau Frena aus seinen schlauen Äuglein liebevoll an.

Frau Frena neigte sich tief zum Igelkind hinab.

»Tu die Pfote aus dem Mund, Kleiner«, sagte sie.

Da ging die Sonne auf, und Frau Frenas Katzen schnurrten.

Die Sonne durchlichtete den alten, heiligen Hort aus dem Jugendland der Welt mit ihren vergotteten Strahlen, und die Sonnenkräfte füllten die schimmernden Schalen von Edelstein und weihten die blanken Waffen von Walhall. Denn die Zeit der großen Sonnenwende ist gekommen, und es wird wieder Licht werden um Balders Bahre.

Aber erst wird ein Gewitter heraufziehen, um die Welt zu reinigen, mit Blitz und Donner, dass Himmel und Erde beben!

SCHLAFITTCHEN

Bevor ich sage, wer Schlafittchen war, muss ich erst etwas von der Gletscherfrau erzählen. Die Gletscherfrau wohnte hoch oben in den Bergen auf einem Gletscher und war ganz aus Eis. Nur auf dem Kopf hatte sie ein bisschen Schnee, da wo andere Leute die Haare haben. Das konnte nicht anders sein, denn sonst hätte sie nicht immer oben auf dem Gletscher leben können. Die Gletscherfrau war sehr alt und sehr dick und groß, denn jedes Jahr fror sie etwas dazu, und so war sie allmählich sehr umfangreich geworden. Dazu aß sie auch jeden Tag Kräutereis, das sie ganz vorzüglich zu bereiten verstand. Sie konnte das so schön machen, dass sie Köchin bei der Eiskönigin geworden war, und das will gewiss viel heißen, denn die Eiskönigin, die tief unten im blauen Gletschereis lebte, hatte eine Krone auf dem Kopf und war eine sehr anspruchsvolle Person. Es ist vielleicht nicht ganz richtig, wenn ich sage, dass die Gletscherfrau Köchin bei der Eiskönigin war, aber wie soll man das anders sagen? Kochen tat sie natürlich nicht richtig, denn heiße Sachen konnten diese kalten Leute gar nicht vertragen, sondern nur Kräutereis. Wenn die Gletscherfrau oder die Eiskönigin zum Beispiel eine Tasse heißen Tee getrunken hätten, so wäre ihnen der ganze Magen weggeschwommen. Kräutereis aber aßen sie jeden Tag, und sie froren immer fester dadurch und wurden dick und gesund dabei. Die Leute sind eben verschieden.

Es war dies aber durchaus nicht die einzige Tätigkeit, welche die Gletscherfrau hatte, sie war eine sehr rührige alte Dame und war den ganzen Tag über beschäftigt. Sie fegte und putzte den Gletscher, und außerdem guckte sie eifrig nach, ob sich nicht irgendwo in den Gletscherspalten ein Eiskind bildete, so ein kleines Geschöpf, das einmal in vielen Jahren eine Gletscherfrau oder ein Gletschermann werden könnte. Meist wurden diese Eiskinder aber Gletscherfrauen, denn die Arbeiten auf dem Gletscher sind durchaus hausfraulicher Natur. Es war das so, dass sich erst einmal ein paar kleine Arme und Beine bildeten, grade aus dem blauen Eise heraus, und dann ein Kopf mit zwei runden und noch ein bisschen dummen Augen. Das sah sehr spaßhaft aus, und man kann es wohl verstehen, dass es der Gletscherfrau viel Freude machte, dabei zuzusehen. Sie war auch sehr kinderlieb. Wenn nun solch ein Eiskind mit den kleinen Armen und Beinen und den runden, ein bisschen dummen Augen einigermaßen fertig war, dann brach es die Gletscherfrau aus dem Eise heraus und stellte es auf die Füße, sodass es laufen konnte. Erst tunkte sie es noch einmal in Gletscherwasser und putzte es tüchtig mit einem Schneetuch ab. Dann war das Eiskind fertig und konnte wachsen. Mittags fütterte die Gletscherfrau alle die vielen kleinen Eiskinder mit Kräutereis, und sie passte auch sehr auf, dass keines von ihnen zu viel in die Sonne ging, damit es nicht zu schmelzen anfing, denn das wäre schade um alle die Mühe gewesen.

So hatte die Gletscherfrau schon viele, viele kleine Eiskinder abgebrochen, getunkt, geputzt und gefüttert, sodass der Gletscher geradezu von ihnen wimmelte. Das jüngste und kleinste der vielen Eiskinder aber hieß Schlafittchen. Selbstverständlich weiß ich auch, wie alle die anderen hießen, aber es hat keinen Sinn, dass ich es sage, und wir haben auch keine Zeit dazu, denn diese Geschichte ist die Geschichte von Schlafittchen, und das kommt daher, weil Schlafittchen etwas ganz Großes erlebte und die anderen Eiskinder nichts erlebten, sondern bloß umherliefen und weiterfroren. Warum, weiß ich nicht, und das ist auch ganz einerlei.

Eines Tages spielten die Eiskinder miteinander und warfen sich mit Schneebällen. Die Schneebälle flogen hin und her, und nachher liefen sie auf dem Gletscher immer weiter und sprangen über die Spalten, es sah sehr lustig aus. Denn es ist nicht so, dass die Schneebälle keine lebendigen Geschöpfe sind, sondern sie bekommen, wenn sie nur auf die Erde geworfen werden, sofort Augen, Mund und Nase und sehr viele kleine Beine, auf denen sie schrecklich schnell weiterlaufen, sodass es aussieht, als wenn sie rollten. Aber das ist nicht wahr, sie laufen auf den kleinen Beinen, und man kann sich denken, wie schnell das geht, denn sie haben die Beine überall, auf allen Seiten, oben und unten, auf der ganzen Schneekugel, und diese

Kugel ist für sie der Kopf und der Leib zugleich. Ich muss das einmal sagen, weil darüber viele falsche Vorstellungen in Umlauf sind. Die Schneebälle sind meistens sehr frech, was leider wahr ist, und der kleinste war der frechste von allen.

»Tante Kühlkopf«, sagte der kleine Schneeball zur Gletscherfrau, »weißt du was? Ich werde eine Lawine werden und die Welt in Schrecken setzten.«

Es ist nicht wahr, dass die Gletscherfrau Tante Kühlkopf hieß, das sagte der Schneeball bloß, weil er frech war.

»Du hast den Größenwahn, Kleiner«, sagte die Gletscherfrau, »halte den Mund.«

»Tante Eisbein«, sagte der Schneeball, »ich habe neulich über den Gletscherrand geguckt, es ist eine grüne Wiese unten, dort blühen Alpenrosen, und die Sonne scheint darauf.«

Es ist auch nicht wahr, dass die Gletscherfrau Tante Eisbein hieß, das sagte der Schneeball bloß, weil er frech war.

»Sonne, Wiese und Alpenrosen sind schreckliche Vorstellungen für unsereinen«, sagte die Gletscherfrau, »halte den Mund.«

Mit diesen Worten ging die Gletscherfrau nach unten in die Tiefe des Gletschers auf einer schönen Eistreppe, um der Eiskönigin ihr Kräutereis zum Mittag zu bringen.

In Schlafittchens Seele aber war etwas Sonderbares vorgegangen, als es den Schneeball von der Wiese, der Sonne und den Alpenrosen sprechen hörte. Schlafittchens Seele war zwar eine kleine Eisseele, aber sie war um einige Grade wärmer als die der anderen Eiskinder, und das kommt auch auf einem Gletscher vor. So überkam Schlafittchens kleine Seele eine große Sehnsucht nach den Alpenrosen, und es kletterte auf seinen dünnen Beinen über den ganzen Gletscher, und am Ende rutschte es richtig auf die grüne Wiese hinunter mitten unter die blühenden Alpenrosen. Es war sehr schön dort, und die Alpenrosen steckten die Köpfe zusammen und wunderten sich über das kleine Eiskind, das auf einmal in ihre blühende Welt gekommen war. Es war aber viel zu heiß darin für Schlafittchen, und ehe sie sich's versahen, war Schlafittchen aufgetaut, und nur eine Pfütze war von ihm übrig geblieben, sonst gar nichts. Schlafittchen war das selbst sehr sonderbar vorgekommen, doch es ging so schnell, dass es nicht viel davon merkte, und das Sonderbarste war, dass es in der Pfütze weiterlebte, nur kam es sich jetzt den Alpenrosen und der grünen Wiese viel näher und verwandter vor. Es sah, wie die Alpenrosen die Köpfe nach der Sonne und nach den Wolken emporstreckten, die über sie hinzogen, und Schlafittchen war es, als müsse es auch zu der Sonne und zu den Wolken hinaufgehen können. Und wie es das dachte, schien die Sonne immer stärker und stärker, und die Wolken kamen näher und näher, und ehe die Eidechse, die hinzugelaufen war, um sich Schlafittchen in der Pfütze zu betrachten, Zeit fand, es zu beaugenscheinigen, war Schlafittchen verdunstet, und eine Wolke hatte es mit hinaufgenommen.

Und in der Wolke zitterte das Sonnenlicht.

»Wo ist Schlafittchen?«, fragte die Gletscherfrau, als sie der Eiskönigin das Kräutereis gebracht hatte und die Treppe wieder hinaufgestiegen war. Denn sie sah gleich, dass eines ihrer Eiskinder fehlte.

»Schlafittchen ist auf die grüne Wiese zu den Alpenrosen gegangen«, sagte der Schneeball.

»Siehst du«, sagte die Gletscherfrau, »warum hast du davon erzählt? Das ist eine schreckliche Geschichte. Halte den Mund.«

Die Gletscherfrau machte sich sogleich auf die Eisfüße und begann Schlafittchen zu suchen, obwohl es ihr selbst erbärmlich warm wurde auf der Alpenwiese. Aber aushalten konnte sie es schon eine Weile, sie war kein Eiskind mehr, sondern eine dicke, vergletscherte Person, und bei solchen Leuten dauert es eine ganze Weile, bis die Sonne sie auftauen kann.

»Wo ist Schlafittchen?«, fragte sie die Alpenrosen.

»Schlafittchen ist aufgetaut«, sagten die Alpenrosen und neigten die Köpfe, denn es tat ihnen sehr leid. »Schlafittchen ist eine Pfütze geworden.«

»Wo ist die Pfütze?«, fragte die Gletscherfrau, »ich werde sie schon wieder zusammenfrieren.«

»Die Pfütze war hier«, sagte die Eidechse und wies mit der kleinen grünen Hand auf eine leere Stelle, »aber nun ist sie nicht mehr da. Schlafittchen ist verdunstet, und eine Wolke hat Schlafittchen aufgenommen und ist über die Berge gezogen ins Sonnenlicht hinein.«

Da wurde die Gletscherfrau sehr traurig und ging eilig wieder zurück zu der Eiskönigin.

»Schlafittchen ist verloren gegangen«, rief sie.

»Schlafittchen ist aufgetaut.«

»Friere es wieder zusammen«, meinte die Eiskönigin.

»Das kann ich nicht«, sagte die Gletscherfrau, »Schlafittchen ist verdunstet.«

Dabei weinte sie zwei große, heiße Tränen, und das ist sehr seltsam bei einer Gletscherfrau, die doch kalt und aus Eis ist und sich von nichts als von Kräutereis nährt. Die Tränen waren so heiß, dass sie zwei Löcher in die weiße Tischdecke der Eiskönigin brannten, denn diese Tischdecke war aus Schneekristallen gewoben und vertrug keine Tränen.

Als die Eiskönigin die Gletscherfrau weinen sah, bekam sie ordentlich einen Knacks in ihrem Eisherzen, und ich glaube, wenn nicht dazwischen die kleinen Seelen aus der Gletscherwelt verschwinden würden, so würden alle die kalten Leute immer vergletschert bleiben. Es ist dies wohl auch ein Geheimnis der Welt, die wir nicht begreifen.

»Nimm die Tischdecke«, sagte die Eiskönigin, »und friere die beiden Löcher wieder hübsch zusammen. Aber ich will hinaufsteigen und mit den Wolken reden, dass sie Schlafittchen wieder hergeben.«

Da stieg die Eiskönigin hinauf in die Sternennacht und die Sterne spiegelten sich in ihrem Diadem, und der Mond wob blasse Fäden um ihr blaues Königskleid. Die Eiskönigin aber breitete die Arme aus und rief die Wolken, dass sie alle kamen und sich über dem Gletscher zusammenballten. Es blitzte und donnerte in ihnen, es warf mit Hagel und Schnee und redete mit tausend Stimmen in der einsamen Bergeswelt.

»Wer von euch hat Schlafittchen in seinem Schoß?«, fragte die Eiskönigin, »Schlafittchen ist aufgetaut, und Schlafittchen ist verdunstet, und die Gletscherfrau weint Tränen um Schlafittchen. Schlafittchen ist zu früh von hier fortgegangen, wir wollen es wiederholen.«

»Wir geben sonst keiner Königin eine Seele wieder, nur weil sie es will«, sagten die Wolken, »aber weil die Gletscherfrau Tränen um Schlafittchen geweint hat, wollen wir ihr Schlafittchen wiedergeben.«

Da warfen die Wolken kristalline Hagel auf den Gletscher hinab, und aus den Hagelkristallen bildete sich eine Gestalt mit kleinen Armen und Beinen und runden Augen, und das war Schlafittchen. Die Gletscherfrau nahm es eilig in die Arme und fror es zusammen, sie tunkte es in Gletscherwasser und putzte es noch tüchtig ab. Und sie war sehr froh, Schlafittchen wiederzusehen.

Die Eiskönigin aber stieg die Treppen hinab, und der Schneeball folgte ihr und sagte: Ich werde keine Lawine werden, sondern ich werde dich heiraten.«

»Halte den Mund«, sagte die Gletscherfrau.

Die Eiskönigin lachte und nahm den Schneeball in die Hand. »Ich werde ihn als Reichsapfel benutzen«, sagte sie, »mein alter ist schon ein wenig verbraucht.«

»Nein, ich will heiraten«, sagte der Schneeball. Er wurde aber weder geheiratet noch konnte er als Reichsapfel benutzt werden, er war viel zu unruhig und rutschte auf seinen vielen Beinen so sehr in der Hand der Eiskönigin auf und ab, dass es sie kitzelte und sie den Schneeball wieder hinauswarf. Die Könige und die Königinnen können es nämlich nicht vertragen, wenn ihre Reichsäpfel unruhig werden und ins Rutschen kommen. Das ist ihnen eine zu kitzlige Sache. Der Schneeball hätte besser sitzen bleiben sollen, es war sehr dumm von ihm, und er hätte ganz zufrieden sein können, denn beim Heiraten hätte er noch viel ruhiger dasitzen müssen.

»Die Eiskönigin ist dumm«, sagte der Schneeball, »ich werde jetzt doch eine Lawine werden und auf die Wiese wandern, wo die Alpenrosen sind.«

»Dann wirst du auftauen und verdunsten wie Schlafittchen«, warnte die Gletscherfrau, »bleibe lieber da und halte den Mund.«

»Dann wirst du gehen, wohin ich gegangen bin«, sagte Schlafittchen, »ich habe so vieles erfahren an einem Tage. Es ist alles sehr wunderbar und gar nicht schlimm. Man war so, und man wird anders, aber man lebt immer – im Eis und in der Pfütze und in der Wolke, im Sonnenlicht und im Blitz und Donner. Es ist der Kreislauf des Lebens, und wir alle wandern ihn.«

»Das ist alles Unsinn«, sagte die Gletscherfrau, »iss Kräutereis und sieh, dass du wieder zu Kräften kommst. Friere tüchtig zu und halte den Mund.«

Auf dem Gletscher und auch anderswo müssen alle die kleinen Seelen, die etwas von den anderen Welten wissen, immer den Mund halten, und das ist nicht gut. Gut aber ist es, dass es solche kleinen Seelen gibt wie Schlafittchen, denn sonst würden die kalten Leute auf dem Gletscher und anderswo sich niemals aus Eis und Schnee heraussehnen, sie würden nur Kräutereis essen und niemals an die grüne Wiese mit den Alpenrosen denken und niemals an die Wolken hoch über der Erde im Sonnenlicht. Das aber müssen sie tun, denn einmal werden sie alle den Weg gehen, den Schlafittchen ging.

DIE NEUE WOHNUNG

Es war einmal ein Bär, der hieß Thaddäus Tatzentupf, und seine Frau hieß Thisbe Tatzentupf. Sie hatten zwei Kinder, die kleinen Tatzentupfs, und sie wohnten alle zusammen in einer Höhle im Walde. Es war eine sehr schöne und behagliche Höhle, wie ein jeder bestätigen konnte, der Tatzentupfs besuchte – denn Tatzentupfs hatten ein Schlafzimmer und ein Kinderzimmer, eine kühle Vorratskammer und einen Wohnraum mit einer schattigen und einer sonnigen Ecke. Thaddäus Tatzentupf hatte seine Wohnung auch immer sehr hübsch gefunden, nur in der letzten Zeit fand er allerlei daran auszusetzen. Sie gefiel ihm nicht mehr recht, er wusste selbst nicht, warum. Dann setzte er sich in die Ecke und brummte.

»Du bist angegriffen, Thaddäus«, sagte Frau Tatzentupf und wischte sich die Pfoten mit der Schürze ab, denn sie buk gerade Pfannkuchen, und die kleinen Tatzentupfs standen dabei und holten sich die Pfannkuchen mit den Krallen gleich von der heißen Pfanne weg, wenn die Mutter nicht aufpasste.

»Ich bin nicht angegriffen, ich bin erbost«, sagte Thaddäus Tatzentupf und schnaufte durch die Nase, »diese Wohnung ist schrecklich. Was ist das wieder für ein Qualm von den Pfannkuchen, man kann ja gar nicht Atem holen, und der ganze Pelz riecht danach!«

»Das ist ein sehr lieblicher Duft«, sagte Frau Tatzentupf, »aber du bist angegriffen, Thaddäus, du solltest ein wenig spazieren gehen.«

»Ich bin nicht angegriffen, ich bin erbost«, sagte Thaddäus Tatzentupf und wanderte mit schlürfenden Schritten, wie auf Pantoffeln, in der Wohnung auf und ab. »Das Wohnzimmer ist viel zu heiß, die Sonne kommt den ganzen Tag durch die Felsenöffnung und brät einen förmlich.«

»Ich habe es gar nicht zu heiß und dabei stehe ich hier und backe Pfannkuchen. Es ist doch schön, dass die Sonne schein«, sagte Frau Tatzentupf, »aber du bist eben angegriffen, Thaddäus.«

»Ich bin nicht angegriffen, ich bin erbost«, sagte Thaddäus Tatzentupf, »was ist das für ein Kinderzimmer, es ist von oben bis unten zerkratzt, der Vorratsraum ist viel zu muffig, es ist unmöglich, dass sich die Nüsse darin halten können, und es gibt auch so wenig Nüsse in dieser Gegend, dass es gar nicht lohnt, hier zu leben. Das Schlafzimmer ist viel zu hell, das ist nichts für den Winterschlaf, auf den ich mich so freue, und überhaupt...«

»Die Wände im Kinderzimmer müssen zerkratzt sein, das tun Kinder nun einmal, wenn es richtige Bärenkinder sind«, sagte Frau Tatzentupf und stülpte den kleinen Tatzentupfs einen Pfannkuchen über die Nase, »die Nüsse in der Vorratskammer halten sich sehr gut, aber wir haben schon viele aufgegessen und du solltest neue holen, Thaddäus. Es gibt auch viel Nüsse in dieser Gegend. Im Winter hast du so fest geschlafen, dass ich dich kaum wecken konnte, als der Frühling kam. Aber du bist angegriffen, Thaddäus, setze dich in die kühle Ecke des Wohnzimmers und iss einen Pfannkuchen.«

»Ich bin nicht angegriffen, ich bin erbost«, sagte Thaddäus Tatzentupf, setzte sich in die kühle Ecke und aß einen Pfannkuchen.

»Es ist kalt hier«, meinte er nach einer Weile, als er den Pfannkuchen ganz heruntergeschluckt hatte, »es ist eine kalte und feuchte Wohnung, ich habe es immer gesagt, und wir werden uns hier alle noch den Rheumatismus holen.«

»Du hast doch eben gesagt, dass es zu heiß wäre«, sagte Frau Tatzentupf.

»Nein, es ist nicht zu heiß, es ist zu kalt«, sagte Thaddäus Tatzentupf, »man friert sogar in seinem dicken Pelz, wie soll das erst im Winter werden?«

»Du bist einfach angegriffen, Thaddäus«, sagte Frau Tatzentupf, »du musst spazieren gehen.«

»Ich bin nicht angegriffen, ich bin erbost«, sagte Thaddäus Tatzentupf, »ich werde auch nicht spazieren gehen, aber ich werde ausgehen und uns eine neue Wohnung suchen.«

»Thaddäus!«, rief Frau Tatzentupf entsetzt, »eine neue Wohnung, gerade jetzt, wo ich die schönen Pilze zum Winter eingemacht habe!«

»Die Pilze lassen wir da, es gibt anderswo viel mehr Pilze, hier gibt es gar nichts«, sagte Thaddäus Tatzentupf und schnaubte bösartig durch die Nase.

»Thaddäus, die Zeit der Pilze ist doch vorüber, wir müssen jetzt Nüsse ernten«, sagte Frau Tatzentupf. Aber Thaddäus Tatzentupf war bereits verschwunden und hatte sich auf die Suche nach einer neuen Wohnung begeben.

Am Abend kam er wieder.

»Thisbe«, sagte er, »ich habe jetzt eine wundervolle Wohnung entdeckt, eine Wohnung, die wirklich warm ist. Morgen ziehen wir um.«

Am anderen Morgen kramten Tatzentupfs ihre Küchensachen zusammen und zogen um. Thaddäus Tatzentupf schleppte die Pfanne für die Pfannkuchen und einige Vorräte, und Frau Tatzentupf führte die kleinen Tatzentupfs bei der Pfote, und in die Schürze hatte sie Nüsse gewickelt. Aber die schönen Pilze musste sie dalassen.

Die wirklich warme Wohnung war eine enge Höhle, in die durch ein Loch von oben den ganzen Tag die Sonne schien, und es war so heiß, dass Tatzentupfs in der Nacht kein Auge zutun konnten.

»Es ist entsetzlich hier«, sagte Thaddäus Tatzentupf.

Frau Tatzentupf sagte nicht mehr zu ihrem Manne, als dass er bloß angegriffen sei. Denn sie war selbst sehr angegriffen.

»Hier kann ich keine Pfannkuchen backen, Thaddäus, sonst schmelze ich«, sagte sie und seufzte.

»Es gibt hier auch keine Haselnüsse«, sagten die kleinen Tatzentupfs. Frau Tatzentupf aber gab ihnen welche aus ihrer Schürze.

»Ich bin erbost«, sagte Thaddäus Tatzentupf, »ich werde eine neue Wohnung suchen, die nicht so heiß ist.«

Am Abend kam er wieder.

»Thisbe«, sagte er, »ich habe jetzt eine wundervolle Wohnung gefunden, die wirklich kühl ist. Morgen ziehen wir um.«

Am anderen Morgen kramten Tatzentupfs ihre Küchensachen zusammen und zogen um. Thaddäus Tatzentupf schleppte die Pfanne für die Pfannkuchen und einige Vorräte, und Frau Tatzentupf führte die kleinen Tatzentupfs an der Pfote.

Die wirklich kühle Wohnung war eine enge Höhle, in die niemals Sonne schien, das Wasser lief von den Wänden herunter, und beim Erwachen waren Tatzentupfs so nass, als wenn sie gebadet hätten, und hatten alle einen gewaltigen Schnupfen.

»Es ist entsetzlich hier«, sagte Thaddäus Tatzentupf.

Frau Tatzentupf sagte nicht mehr zu ihrem Manne, dass er bloß angegriffen sei, denn sie war selbst sehr angegriffen.

»Ich bin erbost«, sagte Thaddäus Tatzentupf, »ich werde eine neue Wohnung suchen.«

»Es gibt auch keine Haselnüsse hier«, sagten die kleinen Tatzentupfs. Frau Tatzentupfs Schürze aber war leer, und so setzten sich die kleinen Tatzentupfs vor die nasse Höhle und weinten und niesten abwechselnd.

Da kam einer der Engel des Waldes vorüber, die den Tieren helfen und nachsehen, ob es ihnen gut geht, und als er die kleinen Tatzentupfs sah und sie weinen und niesen hörte, fragte er, was ihnen fehle.

»Wir sind umgezogen und haben keine Nüsse mehr«, sagte der eine kleine Tatzentupf und weinte.

»Wir sind umgezogen und haben Schnupfen, »sagte der andere kleine Tatzentupf und nieste.

»Wir sind umgezogen und können keine Pfannkuchen backen«, sagte Frau Tatzentupf und steckte eine geschwollene Nase zur Höhle hinaus.

Da schenkte der Engel des Waldes den kleinen Tatzentupfs Nüsse und half Frau Tatzentupf Feuer machen, sodass sie Pfannkuchen backen konnte.

Am Abend kam Thaddäus Tatzentupf wieder.

»Thisbe«, sagte er, »ich habe keine Wohnung gefunden, ich bin erbost!«, und dabei nieste er dröhnend.

»Du suchst eine Wohnung, Thaddäus Tatzentupf, ich werde dir eine schöne Wohnung zeigen«, sagte der Engel des Waldes.

»Das wäre sehr nett von dir«, sagte Thaddäus Tatzentupf und bedankte sich viele Male.

»Es sind heute wirklich schreckliche Zustände, du glaubst nicht, welche Mühe ich mir schon gegeben habe, und in der alten Wohnung war es einfach nicht mehr auszuhalten, ich war erbost.«

»Das kann ich mir gut vorstellen, Thaddäus Tatzentupf«, sagte der Engel des Waldes, »aber du wirst bald in einer sehr schönen Wohnung sein.«

Am anderen Morgen kramten Tatzentupfs ihre Küchensachen zusammen und zogen um. Thaddäus Tatzentupf schleppte die Pfanne für die Pfannkuchen und einige Vorräte, und der Engel des Waldes ging neben ihm und war ihm behilflich. Frau Tatzentupf aber führte die kleinen Tatzentupfs an der Pfote.

Thaddäus Tatzentupf redete eifrig auf den Engel des Waldes ein. »Es sind heute wirklich schreckliche Zustände mit den Wohnungen, ich bin erbost«, sagte er und machte erbitterte Bewegungen mit der Pfote, in der er die Pfanne für die Pfannkuchen hielt.

Der Engel des Waldes sagte gar nichts dazu, aber er führte Thaddäus Tatzentupf und seine Familie auf vielen gewundenen Wegen zu einer wunderschönen Höhle.

»Das ist die Wohnung, Thaddäus Tatzentupf«, sagte er.

Frau Tatzentupf und die kleinen Tatzentupfs fühlten sich gleich zu Hause. Frau Tatzentupf buk Pfannkuchen und die kleinen Tatzentupfs standen dabei und fuhren mit ihren Krallen in die heiße Pfanne hinein. Thaddäus Tatzentupf aber wanderte mit schlürfenden Schritten, wie auf Pantoffeln, in der Wohnung auf und ab und beschnupperte sie von allen Seiten.

»Thisbe«, sagte er und rieb sich die Pfoten vor Vergnügen, »solch eine schöne Wohnung habe ich noch niemals gesehen. Diese kühle Vorratskammer, dieses nette Kinderzimmer mit den reizenden Krallenzeichnungen an der Wand, dieses dämmerige Schlafzimmer für den Winterschlaf, auf den ich mich so freue, und im Wohnraum ist eine sonnige und eine schattige Ecke, und vor dem Hause stehen so viele Nussbäume, dass man reichlich Vorräte sammeln kann. Und dazu dieser liebliche Duft der Pfannkuchen, der einem in die Schnauze steigt.«

»Papa«, riefen die kleinen Tatzentupfs und kamen aus dem Kinderzimmer gelaufen, »wir haben auch die Pilze wiedergefunden, die Mama für den Winter eingemacht hat und die wir nicht mitnehmen konnten. Es ist doch schön, dass wir wieder in der alten Wohnung sind!«

Thaddäus Tatzentupf schnuffelte verlegen und kratzte sich den Kopf mit der Kralle.

»Ich hätte nie gedacht, dass das die alte Wohnung ist«, sagte er, »wie konnte ich das bloß nicht gleich sehen?«

»Ich habe dich von einer anderen Seite an die Wohnung herangeführt«, sagte der Engel des Waldes, »und wenn du wieder einmal umziehen willst, dann wende dich gleich an mich. Du kannst dir viel Mühe damit ersparen, Thaddäus Tatzentupf.«

Thaddäus Tatzentupf ist niemals wieder umgezogen. Er blieb in seiner schönen Wohnung und aß Pfannkuchen. Wenn er aber einmal brummte, dann sagte Frau Tatzentupf: »Du bist angegriffen, Thaddäus, besieh dir die Wohnung einmal von der anderen Seite.«

PANTOFFELMÄNNCHEN

Es war einmal ein kleines Männchen, das war ganz klein, und außerdem war es unsichtbar, sodass man nicht einmal sehen konnte, wie klein es eigentlich war. Es hätte sich auch gar nicht gelohnt, es zu sehen, denn es war wirklich nichts weiter dran. Es lief nur immer herum und war eben da. Bloß so.

Das Grasweibchen, das ein bisschen zaubern konnte, das hatte es einmal gesehen, denn wenn man zaubern kann – es braucht gar nicht viel zu sein – dann sieht man alle unsichtbaren Dinge.

»Es lohnt nicht, das Männchen zu sehen«, sagte das Grasweibchen, nachdem es ein bisschen gezaubert hatte, »es ist ganz klein, hat ein Köpfchen, dick und dumm wie eine Kartoffel, und dünne, lange Beinchen wie eine Heuschrecke. Sonst nichts. Es sieht aus wie dürres Holz, nicht so schön grün wie ich. Es läuft nur immer herum und ist eben da. Bloß so. Mehr kann man nicht sagen.«

Das konnte nun auf sehr viele passen, und niemand beachtete das kleine Männchen, denn das lohnte sich nicht, und außerdem war es ja unsichtbar.

Das kleine Männchen aber ärgerte sich sehr, dass es von niemandem gesehen wurde, und es lief auf den Markt, wo eine dicke Marktfrau unter einem roten Schirm saß und mit Pantoffeln handelte. Es zog sich flugs ein Paar gewaltig große Pantoffeln an, in denen seine Heuschreckenbeinchen ganz versanken, und wanderte damit los.

Die Marktfrau hatte nichts bemerkt, nur so ein Rascheln gehört, wie von Mäusen, aber auf einmal sah sie, wie zwei ihrer größten und schönsten Pantoffeln allein die Straße entlangliefen, und der Atem stockte ihr vor Entsetzen. Drei Kannen sehr heißen Kaffee hat sie austrinken müssen, bis ihr wieder gut wurde.

»Seht, die wandernden Pantoffeln!«, riefen die Leute und blieben stehen, denn so etwas hatte sie noch nie gesehen.

Nun ist es zwar wahr, dass auch viele Menschen gerne auf großen Füßen wandeln, und man sie gar nicht beachten würde, wenn sie nicht so gewaltige Pantoffeln durchs Leben trügen. Denn was drinsteckt, lohnt sich auch nicht immer zu sehen, sondern es läuft nur so herum und ist eben da.

Bloß so. Aber dass große und schöne Pantoffeln – die besten, welche die Marktfrau hatte – ganz allein auf der Straße wanderten, eilig und geschäftig, als hätten sie etwas zu versäumen, das war schon über alle Maßen erstaunlich, und alles wunderte sich sehr.

»Da sieht man es einmal deutlich«, sagte der weise Kater Muffi Schnuffelbart, der sich auf der Fensterbank sonnte, »dass die großen Pantoffeln eigentlich die Hauptsache an den Leuten sind, denn nun wandern sie ganz allein davon. Es muss aber doch irgendein kleiner, unverschämter Kerl darin stecken, und wenn ich ihn sehen könnte, würde ich ihn aufessen, denn so etwas sollte nicht erlaubt sein, wo unsereiner, der klüger ist, als alle die dummen Leute, auf anständigen und bescheidenen Pfoten einhergeht.«

Die Katzen sind eben überaus kluge Geschöpfe, und der Kater Muffi Schnuffelbart war ein ganz besonders erfahrener Herr.

Das Männchen aber freute sich gewaltig über das große Aussehen, das es erregte.

»Jetzt sieht man doch, wer ich bin, und alle Leute staunen über mich«, sagte es und drehte den dicken Kartoffelkopf geschmeichelt nach allen Seiten.

Aber die Leute sahen das Männchen gar nicht, sondern nur die großen Pantoffeln, und das ist oft so im Leben.

Und das Männchen lief immer schneller und schneller, dass die Pantoffeln nur so an den dürren Heuschreckenbeinen herumschlappten, und es ging auch wunderschön auf der breiten und bequemen Straße, auf der alle in großen Pantoffeln und gewaltigen Stiefeln herumlaufen. Wie es aber an eine Wiese kam, wo die Blumen blühten und der Holderbaum duftete und wo die große Straße aufhört, da wurde es sehr bedenklich, und es schien ihm, als ob es da nicht recht weiterginge, so gerne es nun auch hier gesehen und bewundert werden wollte. Denn die großen Füße und die großen Pantoffeln passen nur für die breite Straße, auf der alle Leute herumlaufen, aber nicht mehr in den Gottesgarten, wo die Blumen blühen und der Holunderstrauch duftet, wo das Märchenland beginnt und wo man auf leisen Sohlen geht, wie der Kater Muffi Schnuffelbart.

Wie nun das Männchen mit einem großen Satz auf seinen großen Pantoffeln mitten in das Märchenland hineinsprang, da verlor es beide Pantoffeln, auf einmal und fiel kopfüber in ein Maulwurfsloch. Es dauerte eine ganze Weile, bis das Grasweibchen und sein Vetter, der Wiesenfrosch, die sich gerade sehr belehrend über heilsame Kräuter unterhielten, dem kleinen Männchen wieder heraushalfen. Das war nur gut, denn der Maulwurf hätte sich sehr über diese Sache geärgert, weil auch unsichtbare Leute einen erheblich stören können, wenn sie einem die Haustüre verstopfen.

Das Männchen pilgerte ins grüne Gras hinein, und von nun an hat es niemand mehr gesehen, es war wieder ganz unsichtbar, und es lohnte sich auch gar nicht, es zu sehen. Es war wirklich nichts weiter dran, denn es lief nur immer herum und war eben da. Bloß so.

Die Pantoffeln aber fand es nicht wieder. Die waren in einen solchen Schwung geraten, dass sie allein bis an den Waldrand weiterliefen, und dort fanden zwei Eulen sie und brachten sie zu sich nach Hause in ein Baumloch. Sie stellten sie nebeneinander auf und benutzten sie als Betten, und die waren so weich, so warm und bequem, wie Herr und Frau Käuzchen noch nie welche gehabt hatten.

Herr und Frau Käuzchen litten seit dieser Zeit auch niemals wieder an Krallenreißen, weil sie sich ganz tief in die Pantoffeln steckten und es überaus behaglich hatten. Die Federbetten dazu hatten sie ja selbst an sich, und Herr Käuzchen konnte sogar abends in seinem Pantoffelbett lesen, wobei ihm seine Laternenaugen selbsttätig und sehr angenehm leuchteten. Er las die Zeitung, die alle Eulen lesen, und die heißt »Das kakelbunte Ei«.

Die dicke Kröte aber, die im Erdgeschoss des Baumes wohnte und sich gerade eine Moosjacke strickte, die sagte, das habe sie alles schon vorher gewusst, dass das mit dem Männchen so enden müsse, und so weiter – denn das Märchenland sei eben keine breite Straße, auf

der man wie alle Leute in großen Pantoffeln herumlatschen könne.
Die Unken haben nämlich immer schon alles vorher gewusst, aber sie sagen es erst nachher — und das kann jeder!

DER DRACHE MIT DEM KAFFEEKRUG

In einem großen, tiefen Walde lebte einmal ein schrecklicher Drache, der spuckte Gift und pustete Feuer aus seinen Nasenlöchern und verspeiste Menschen und Tiere, so dass es wirklich sehr bedauerlich war. Drachen sind ja meist sehr unfreundliche Leute, die Gift spucken und Feuer pusten und Menschen und Tiere verspeisen, und so ist es kein Wunder, dass es auch dieser Drache tat, denn er hatte eben keine andere Erziehung als eine Drachenerziehung genossen, und das ist nicht ausreichend für eine anständige Lebensführung. Es war gar nicht nett, wie er so dasaß und alles auffraß mit Haut und Haaren, was ihm nur in den Weg kam. Nur die Knochen spuckte er wieder aus und ließ sie noch dazu überall unordentlich umherliegen. Es sah scheußlich aus, und alle waren sehr unzufrieden mit ihm.

Eines Tages war ein kleines Mädchen in den großen, tiefen Wald gegangen, um Beeren zu suchen, und die schönen Beeren hatten es immer weiter in den Wald hineingelockt, so dass es Abend wurde, als sich das kleine Mädchen darauf besann, heimzukehren. Die Dämmerung spann ihre seltsamen Schatten um die Kronen der Tannen, und aus der Ferne sang die Glocke der Dorfkirche das Ave-Maria. Da erschrak das kleine Mädchen und beschloss eilig heimzugehen. Aber es hatte so viele Umwege gemacht und sich so weit von der sicheren Straße entfernt, dass ihm nur ein einziger gerader Weg übrig blieb, den es gehen musste, wenn es vor Einbruch der Nacht noch zu Hause sein wollte. Doch an diesem Wege lauerte der Drache, und das kleine Mädchen wusste das, und es wusste auch, dass Menschen und Tiere diesen Weg vermieden, wenn sie nur irgend konnten. Im Walde allein zu nächtigen, war ihm aber zu grauenvoll, und es fürchtete auch, dass die Eltern sich sorgen würden, und so beschloss es, den Weg zu gehen, an dem der Drache lauerte, und es bat seinen Schutzengel, es zu behüten und gut nach Hause zu geleiten.

Kaum aber hatte das kleine Mädchen diesen Gedanken gehabt, so stand sein Schutzengel neben ihm.

»Guten Abend«, sagte er, »das ist der Weg, an dem der Drache lauert.«

»Das weiß ich«, sagte das kleine Mädchen, »ich weiß auch, dass er sehr unfreundlich ist und Menschen und Tiere verspeist und dass er Gift spuckt und Feuer pustet. Das ist nicht schön, aber ich muss den Weg gehen, sonst komme ich zu spät nach Hause. Ich habe mir auch gedacht, dass du mich schon behüten wirst.«

»Das werde ich gewiss tun«, sagte der Engel, »ich werde gut aufpassen, und der Drache wird dich nicht fressen können. Aber sehen wirst du ihn auf diesem Wege, und er wird dich erschrecken. Darum wäre es mir lieber, wenn du einen anderen Weg gehen würdest.«

»Ich möchte aber gerne vor der Nacht zu Hause sein, und wenn du mich behütest, wird es schon gehen«, sagte das kleine Mädchen, »vielleicht ist der Drache auch gerade spazieren gegangen, und ich sehe ihn gar nicht.«

»Das sagen viele, wenn sie einen Drachenweg gehen«, meinte der Engel, »aber der Drache ist nicht spazieren gegangen, er sitzt, wo er immer sitzt, und du wirst ihn sehen müssen.«

»Das ist sehr schauerlich«, sagte das kleine Mädchen, »was soll ich da bloß machen?«

»Du musst an deinen Engel denken und darfst keine Angst haben«, sagte der Engel, »siehst du, mein Kind, mit den Drachen ist es so, dass man keine Angst vor ihnen haben darf, und wenn man keine Angst hat, dann werden sie ganz klein, und es nützt ihnen auch gar nichts, dass sie Gift spucken und Feuer pusten.«

»Das will ich versuchen, ich werde an dich denken und will keine Angst haben«, sagte das kleine Mädchen und wanderte tapfer mit seinem Korbe den Weg ins Tannendunkel hinein.

Der Engel verschwand vor den Augen des kleinen Mädchens. Aber in Wirklichkeit blieb er da, er ging nur hinter dem kleinen Mädchen den gleichen Weg, denn es war ja sein Schutzengel.

Es dauerte gar nicht lange, so hörte das kleine Mädchen in einer sehr lauten und unmanierlichen Weise Husten und Niesen. Das war der Drache, der Gift spuckte und Feuer pustete, und als das kleine

Mädchen um eine dunkle Felsenecke bog, sah es den Drachen mit einem Male leibhaftig vor sich sitzen. Der Drache sah wirklich grässlich aus, mit seinem riesigen langen Leib lag er auf dem Boden und schlug die Erde mit dem grünlichen Schuppenschwanz. An seinen kurzen, krummen Tatzen waren schreckliche Krallen, und spitze Dornen an seinen gezackten Flügeln, er spuckte Gift aus seinem Rachen und pustete Feuer aus seinen Nasenlöchern, und um ihn herum lagen lauter Knochen. Es war wirklich scheußlich.

Das kleine Mädchen erschrak sehr, aber es dachte an seinen Schutzengel und versuchte keine Angst zu haben, obwohl ihm das nicht so gut gelingen wollte.

»Es ist nicht schön, wie du dich benimmst«, sagte das kleine Mädchen, »lass mich vorübergehen.«

»Das werde ich nicht tun«, sagte der Drache und legte sich gerade vor den Weg, den das kleine Mädchen gehen musste.

Ich will ein bisschen mit ihm reden, dachte das kleine Mädchen, vielleicht wird er dann netter und lässt mich vorbei. Er darf mir ja auch nichts tun, weil es mein Engel gesagt hat.

»Sage mal, warum isst du Menschen und Tiere?«, fragte das kleine Mädchen. »Ist es denn schön, wenn alle dich fürchten? Ich möchte nicht so leben. Kannst du nicht Kartoffelsuppe essen? Du brauchst den Kochtopf doch bloß auf deine Nasenlöcher zu stellen, und in einer halben Stunde ist die Suppe gar. Du hast nicht einmal die Mühe, die wir damit haben.«

»Kartoffelsuppe?«, fragte der Drache und lächelte dabei in einer gräulichen Weise, sodass er all seine spitzen Zähne zeigte, von denen einer genügt hätte, das kleine Mädchen zu zerreißen. Kartoffelsuppe hatte ihm noch niemals jemand angeboten.

»Ja, Kartoffelsuppe«, sagte das kleine Mädchen, »Kartoffelsuppe ist etwas sehr Schönes. Es ist sehr dumm von dir, wenn du das nicht magst. Du kannst auch Kaffee trinken und Zwieback dazu essen. Ich will dir von meinem Kaffee und meinem Zwieback geben. Ich habe noch Kaffee in meinem Krug und Zwieback in meinem Korbe. Ich stelle dir beides hin, und du darfst essen. Aber du musst mich vorüberlassen.«

»Ich werde dich auffressen«, sagte der Drache.

»Untersteh dich«, sagte das kleine Mädchen, »das darfst du gar nicht tun, das wird dir mein Engel niemals erlauben.«

»Ich werde deinen Engel nicht fragen«, meinte der Drache.

Am Ende fragt er wirklich nicht, dachte das kleine Mädchen und bekam nun doch große Angst.

»Sieh, wie ich mit den Flügeln schlage«, rief der Drache, »ich packe dich und zerreiße dich in der Luft.«

»Du kannst ja gar nicht richtig fliegen«, sagte das kleine Mädchen, »um richtig in die Sonne fliegen zu können, muss man ein Vogel sein oder ein Engel mit silbernen Schwingen. Deine Flügel sind viel zu kurz, um in die Sonne zu fliegen, die sind bloß so da und nicht einmal schön.«

Das Herz schlug dem kleinen Mädchen wie ein Hammer in der Brust, aber es wollte nicht zeigen, dass es Angst hatte, denn das hatte der Engel ihm so gesagt.

»Sieh, wie ich mit den Tatzen den Boden stampfe«, sagte der Drache, »ich mache nur einen einzigen Satz, und du bist in meinen Krallen.«

Da presste das kleine Mädchen beide Hände aufs Herz und rief nach seinem Schutzengel.

Kaum aber hatte es das getan, als es den ganzen Wald voller Licht sah. Und vor ihm stand sein Schutzengel, und um den Schutzengel herum standen lauter andere Engel mit Schwertern aus blauen Flammen in den Händen, und damit versperrten sie dem Drachen den Weg. Da war die ganze Angst des kleinen Mädchens verflogen, und der große Drache kam ihm mit einem Male sehr klein und sehr lächerlich vor, so ungefähr wie ein Dackel.

»Ach, du mit deinen Dackelbeinen«, rief es, »du bist ja zu dumm! Siehst du denn nicht, dass lauter Engel um mich herumstehen und dir den Weg versperren? Wie willst du denn da herankriechen, um mir etwas zu tun? Trinke lieber Kaffee und iss Zwieback.«

Als das kleine Mädchen das gesagt hatte, verschwanden die Engel, und das Licht im Walde erlosch wieder. Der Drache aber war ganz klein geworden. Er hatte sich an den Krug des kleinen Mädchens gesetzt und trank daraus und stippte Zwieback in den Kaffee. Er sah jetzt auch wirklich beinahe aus wie ein Dackel, und das kleine Mädchen musste lachen.

»Schmeckt es dir?«, fragte das kleine Mädchen, »der Kaffee ist leider kalt geworden, aber du brauchst ja bloß einmal aus deiner Nase ein bisschen Feuer hineinzupusten, dann wird er wieder warm.«

Das tat der Drache, und als er fertig war, nahm das kleine Mädchen seinen Krug und seinen Korb wieder auf, sagte dem Drachen guten Abend und ging nach Hause.

Die Glocke der kleinen Dorfkirche sang noch immer das Ave-Maria, denn es war nur eine ganz kleine Weile gewesen, dass das kleine Mädchen mit dem Drachen geredet hatte. Und das ist immer so bei allen Erlebnissen, die zwischen dieser und jener Welt liegen. Menschen und Tiere im Walde aber waren von nun an von diesem Drachen errettet, denn er blieb klein wie ein Dackel und aß nur noch Kartoffelsuppe.

Es gibt so manche Wege im Leben, die an einem Drachen vorbeiführen, und sehr oft sind es die Wege, die am allergeradesten nach Hause führen. Das kleine Mädchen aber hatte nun keine Angst mehr davor, und es erzählte diese Geschichte überall.

»Wenn man einem Drachen begegnet«, sagte es, »dann muss man an seinen Engel denken und darf keine Angst haben. Dann wird der Drache auf einmal ganz klein. Er setzt sich sanft und sittsam auf seine Dackelbeine und stippt Zwieback in den Kaffee.«

Und das, was das kleine Mädchen sagte – das ist wahr.

DER MAUSBALL

Es war einmal ein alter Keller, und in dem alten Keller wohnten fleißige und friedliche Mäuse. Diese Mäuse führten ein mustergültiges Familienleben und teilten alles miteinander. Eines Tages aber fanden sie ein Fässchen mit Butter, und es war eine große piepsende Freude unter ihnen, und sie beschlossen, ein Butterfest zu feiern und einen Mausball zu veranstalten.

»Wenn nur der Kater dabei nicht einen von uns erwischt«, meinte eine kleine und etwas ängstliche Maus, »es wäre dann doch gleich einer weniger beim Tanzen, und es wäre auch schade.«

»Ich werde das schon besorgen«, sagte eine alte, sehr erfahrene Maus, die vielfache Urgroßmutter war und von allen Mäusen hoch geachtet wurde, »ich werde mit dem Kater sprechen und ihm die Sache vorstellen.«

Sie kletterte auf das Kellerfenster, das gut vergittert war, und draußen sah sie den Kater in der Sonne sitzen und sich die Pfoten putzen.

»Guten Tag, lieber Herr Kater«, sagte die alte Maus.

»Guten Tag«, sagte der Kater.

»Lieber Herr Kater«, sagte die alte Maus, »wir haben ein Fässchen mit Butter gefunden, und wir sind arme Mäuse und wollen uns auch einmal etwas Gutes tun. Wir wollen ergebenst bitten, dass Sie heute Nacht nicht in den Keller kommen. Vielleicht gehen Sie draußen spazieren, es ist so schöner Mondschein, und Ihre Frau Gemahlin wird sich sicher auch einfinden. Wir wollen gerne ein wenig für uns sein, wir sind dann ruhiger, wie Sie gewiss verstehen werden. Wir wollen einen Mausball veranstalten, einen Maushausball.«

»Da muss man ja die Pfoten auf den Bauch halten und lachen«, sagte der Kater.

»Dabei ist nichts zu lachen, verehrter Herr«, meinte die alte Maus, »ein Mausball ist eine sehr feierliche Angelegenheit. Wir sind nicht schlechter als andere Leute.«

»Diebsgesindel seid ihr, Butter wollt ihr stehlen«, sagte der Kater.

»Ach, lieber Herr, was sind das für Ausdrücke«, klagte die alte Maus und wischte sich eine Träne der Kränkung mit der Pfote ab, »wir stehlen niemals etwas, und was wir heute Nacht essen wollen, das ist ehrlich erschnupperte Butter.«

»Wir wollen Butter essen und den Reigen der Schönheit tanzen«, piepste eine kleine, freche Maus, die hinter der Alten aufgetaucht war und schlug dabei sehr leichtfertig einen Trommelwirbel mit dem Schwanze.

»Sei still«, sagte die alte Maus besorgt.

»Graue Mäuse, graue Mäuse und der Reigen der Schönheit – da muss man ja die Pfoten auf den Bauch halten und lachen«, sagte der Kater.

»Bitte, bitte, lieber Herr«, sagte die alte Maus, »dabei ist nichts zu lachen. Heute Nacht sind wir auch keine grauen Mäuse. Das graue Kleid ist unser Alltagskleid und gewiss sehr zweckmäßig, wie Sie zugeben werden. Heute Nacht aber tanzen wir in bunten Kleidern – im Kostüm. Es ist doch ein Mausball, ein Maushausball.«

»Im Kostüm?«, fragte der Kater und machte noch rundere Augen, als er sie sonst schon hatte, »da möchte ich aber gerne zusehen.«

»Wie es beliebt, lieber Herr, wie es beliebt«, flötete die alte Maus verbindlich, »es wird uns eine Ehre sein, wenn Sie zusehen, aber bitte nur von außen durch das Kellerfenster. Es ist nur wegen der Sicherheit, lieber Herr, wie Sie gewiss verstehen werden.«

»Ich würde auch sonst niemand verspeisen, wenn ich es verspreche«, sagte der Kater, der, wie alle Katzen, eine sehr vornehme Denkungsart hatte, »wann ist denn der Maushausball?«

»Zu gütig, zu gütig«, sagte die alte Maus und verneigte sich mehrfach, »der Mausball ist um Mitternacht, um Mitternacht, lieber Herr, wenn Sie uns schon die Ehre antun wollen.«

Um Mitternacht saß der Kater am Kellerfenster und sah mit kreisrunden Augen in den Keller hinein.

»Graue Mäuse, graue Mäuse – und dazu bunte Kleider und der Reigen der Schönheit, es soll mich wundern, wie das alles zusammenkommt«, murmelte der Kater, und es hätte sich gewiss ein jeder gewundert, wenn er so etwas hätte sehen sollen.

Aber es war ja Mitternacht, und um Mitternacht sieht alles ganz anders aus, wie es sonst aussieht, und das kommt daher, weil das Märchen seine silberne Fäden spinnt von seiner silbernen Spindel, um Berg und Tal und Haus und Hof, sodass alles mit einem schimmernden Silbernetz umsponnen ist – und wer da hindurchguckt, der schaut Dinge, die er noch niemals gesehen. Man muss aber gerade im richtigen Augenblick aufpassen, in dem das Märchen seine silberne Spindel zur Hand nimmt – und das verstehen nicht alle. Sonst sieht man nämlich gar nichts, auch wenn es um Mitternacht ist.

Und das Märchen spann seine silbernen Fäden in den alten Keller hinein, und an den silbernen Fäden kletterten lauter sehr kleine und sehr spaßhafte Heinzelmännchen in den Keller hinab und brachten den Mäusen die schönsten Kleider, bunte Fräcke für die Mausherren und bunte Röcke für die Mausdamen, und sie halfen sogar allen beim Anziehen. Es war das, weil Mitternacht war und das Märchen seine silbernen Fäden spann…

Und jeder Mausherr nahm eine Mausdame bei der Pfote, und sie verneigten sich und begannen zu tanzen, immer um einen runden Teller herum, sodass es wirklich sehr feierlich aussah, und der Mond beschien den Mausball mit einer ganz besonderen Sorgfalt. Dazu pfiffen die Mäuse eine gefühlvolle Melodie, und zwei Mäuse, die besonders schön singen konnten, sangen mit großer Rührung das berühmte Mauslied:

»*Sieben Mäuse – sieben Mäuse –*
Knusper – knusper – im Gehäuse.
Tief im Keller – tief im Keller –
Tanzen sie um einen Teller.
Knusper – knusper – im Gehäuse –
Sieben Mäuse – sieben Mäuse.«

Es war wirklich sehr wunderbar zu sehen, wie die kleinen, grauen Mäuse bei ihrem Mausball den Reigen der Schönheit tanzten in ihren bunten Kleidern. Wie sie aber gerade alle mittendrin waren, kamen noch eilig zwei kleine Mausmädchen gelaufen, die hießen Lieschen und Lenchen Leckerlein, und sie waren so spät gekommen, weil sie schon in der Butter gesessen und sich dick und voll gegessen hatten. Nun wollten sie auch noch tanzen und hatten dabei Fettpfoten und Butterbeine, und so rutschten sie immer auf ihren Butterbeinen aus, wenn sie tanzen wollten, und die alte Maus war sehr ärgerlich über dieses Betragen. Denn das passt nicht zu einer so feierlichen Angelegenheit, wie es ein Mausball ist.

Als aber der Kater Lieschen und Lenchen Leckerlein auf ihren Butterbeinen rutschen sah, konnte er es nicht mehr am Kellerfenster aushalten. Er schlich durch ein heimliches Loch, das er kannte, in den Keller und sprang mit einem gewaltigen Satz mitten in den Maushausball hinein.

Die Mäuse liefen entsetzt auseinander, sodass die bunten Fräcke und bunten Kleider flogen. Nur Lieschen und Lenchen Leckerlein konnten nicht so schnell entwischen, weil sie immer wieder auf ihren Fettpfoten und Butterbeinen ausrutschten, und der Kater hätte sie bestimmt verspeist, wenn er es nicht versprochen hätte, das heute nicht zu tun. Denn der Kater war ein hochanständiger Herr mit einer sehr vornehmen Denkungsart, und das war ein großes Glück.

Lieschen und Lenchen Leckerlein rutschten noch viele Male aus, bis sie glücklich bei ihrer Familie angelangt waren und alle Mäuse zusammen im Butterfass saßen und Butter aßen.

»Da muss man ja die Pfoten auf den Bauch halten und lachen«, sagte der Kater, und das tat er. Und das taten auch die Heinzelmännchen, als sie die bunten Fräcke und die bunten Kleider wieder schön einsammelten. Denn das Märchen spann seine silbernen Fäden wieder zurück auf die silberne Spindel, und Mitternacht war vorüber. Es war alles wie sonst, und kleine graue Mäuse saßen im Butterfass und aßen Butter.

Aber es ist hübsch, dass wir das alles erlebt haben. Denn nun wissen wir, dass auch die kleinen grauen Mäuse in bunten Fräcken und bunten Kleidern den Reigen der Schönheit tanzen können. Nur

Fettpfoten und Butterbeine dürfen sie nicht dabei haben, wie Lieschen und Lenchen Leckerlein. Denn Fettpfoten und Butterbeine darf niemand haben, wenn er den Reigen der Schönheit tanzen will, sonst rutscht er dabei aus – und es wäre nur gut, wenn sich recht viele das merken wollten.

DER GARTEN DER WELT

Im Himmel stand die silberne Sichel des Mondes und schaute mit den Sternen der Nacht hinab auf einen kleinen Garten. In jeden Garten, auch in den allerkleinsten, schauen die Sterne der Nacht und die silberne Sichel, und auf ihren lichten Strahlen verschwistern sich die Geheimnisse der Erde und des Himmels. Die ganze Welt ist ja ein Garten, und jeder Garten ist ein Garten der Welt.

In dem kleinen Garten aber wohnten friedlich beieinander eine Kröte, ein Frosch, eine Kartoffel und eine Lilie. Es lebten natürlich auch noch viele andere Leute darin, aber diese vier Bewohner standen unter sich in angenehmen, nachbarlichen Beziehungen.

»Guten Abend, liebe Tante«, sagte der Frosch und küsste der alten Kröte die Hand.

Als die Kartoffel sah, dass der Frosch der Kröte die Hand küsste, musste sie so lachen, dass ihr die Stängel zitterten.

»Das ist kein Grund zum Lachen, gnädige Frau«, sagte die Kröte, »wenn mein Neffe gut erzogen ist und den Warzen meines Alters die schuldige Ehrfurcht bietet. Unterschätzen Sie nicht die glatten Umgangsformen eines Frosches. Die Etikette ist etwas sehr Wichtiges, meine Liebe, aber Sie denken zu wenig nach und lachen zu viel. Sie sind etwas primitiv. Nehmen Sie sich die weiße Lilie zum Beispiel – kaum dass ihr schlanker Stängel im Nachtwinde schwankt. Das ist Grazie, gnädige Frau, das ist Kultur.«

»Ich liebe diese Lilie, Tante«, sagte der Frosch, und die Augen traten ihm schwärmerisch aus dem Kopfe.

»Du bist zu romantisch, mein Kind«, sagte die Kröte, »das ist keine Liebe für einen Frosch. Suche dir eine Froschjungfrau, so braun und so schlüpfrig wie du, das ist für den Froschlaich das einzig Richtige, und darauf kommt es vor allem an im Leben. Die Liebe der weißen Lilien ist nichts für einen Frosch, mein nasser Neffe. Davon würdest du gar nichts haben. Höre auf eine alte Frau, die in Ehren ihre Warzen bekommen hat. Wenn du eine weiße Lilie liebst, so wirst du vielleicht ein Dichter werden, aber gewiss kein richtiger Frosch.«

»Ein Dichter wäre ja entsetzlich«, sagte die Kartoffel.

»Wenn auch nicht entsetzlich, gnädige Frau«, meinte die Kröte, »aber jedenfalls sehr traurig für die Familie.«

»Solch eine Lilie ist auch etwas sehr Vergängliches«, sagte die Kartoffel, »sie tut mir eigentlich leid, die arme Person, obwohl sie entschieden einen zu großen Aufwand treibt. Ich kannte schon mehrere, und alle verwelkten sie in einigen Tagen. Eine Kartoffel ist dauerhafter und lebt in ihren Knollen weiter.«

Die weiße Lilie neigte sich freundlich zur Kröte, zum Frosch und zur Kartoffel und wiegte den schlanken Stängel im Wind. Unsichtbar den anderen aber stand in ihrem Kelche auf dem Goldgrund der kühlen weißen Blütenblätter der Lilienelf und breitete sehnsuchtsvoll die Arme aus ins Sternenlicht, empor zur silbernen Sichel. Leise regte er die feinen Falterflügel, als wolle er den Flug wagen in die Unendlichkeit hinaus, zu den lichten Strahlen, auf denen sich die Geheimnisse der Erde und des Himmels verschwistern. Die silberne Sichel und die Sterne der Nacht schauen ja immer hinab und warten darauf, dass sich ihnen die Arme der Sehnsucht entgegenstrecken, wenn es dunkel wird im Garten der Welt. Aber das tun nicht viele, und es leben nicht alle in weißen Lilienkelchen.

Der Frosch hatte sich an den Fuß der Lilie gesetzt und seufzte quakend.

Auf dem breiten Mittelweg des Gartens aber kam ein sehr seltsames und lächerliches Geschöpf herangekrochen, ein kleines Menschlein, von der Größe und der Dürre einer Spinne, mit einer überaus dicken Brille auf der Nase und mit einem schweren Buch, das die schwachen Ärmchen kaum schleppen konnten. Das war ein Brillenmännchen, wie es so viele gibt auf den breiten Mittelwegen im Garten der Welt.

Als die Kartoffel das Brillenmännchen sah, musste sie so lachen, dass die Knollen unter ihr wackelten.

»Sie sind ein wenig primitiv, gnädige Frau«, sagte die Kröte, »wie ich Ihnen schon einmal erklärte, aber diesmal lachen Sie wenigstens nicht ohne jede Ursache, wie neulich, als mein Neffe mir die Hand küsste. Wenn man weise wird und seine Warzen in Ehren bekommen hat, lacht man überhaupt nicht mehr, man lächelt nur.«

Und die Kröte lächelte.

»Im Übrigen«, fuhr sie fort, »sind diese Brillenmännchen wohl ungeheuer lächerlich, aber leider auch sehr schädlich. Sie verstauben den ganzen schönen Garten der Welt, denn sie kriechen überall umher und suchen nach Sandkörnern, die sie in ihrem albernen Buch einfangen wollen. Man sollte sie auffressen, und ich sprach schon mit verschiedenen Interessenten darüber, auch mit dem Maulwurf, der wahrhaftig nicht wählerisch ist. Aber auch ihm sind die Brillenmännchen zu eklig, und so leben sie weiter.«

»Sie tun so, als hätte ich noch nie ein Brillenmännchen gesehen«, sagte die Kartoffel, »Ihr Alter und Ihre Warzen in Ehren, aber Sie müssen nicht immer so belehrend sein. Eine Kartoffel hat auch ihre soliden Kenntnisse, und außerdem lebt sie in ihren Knollen weiter.«

»Dann verstehe ich nicht, warum Sie so unbeherrscht gelacht haben, gnädige Frau«, sagte die Kröte beleidigt, »ich sage Ihnen das alles doch nur aus nachbarlicher Gefälligkeit. Schon im Interesse Ihrer Knollen sollten Sie das Bedürfnis haben, sich weiterzubilden.«

»Zurück von dieser Lilie!«, quakte der Frosch und richtete sich hoch vor dem Brillenmännchen auf, ein Held vom Kopf bis zu den nassen Füßen.

»Ich weiß nichts von einer Lilie«, sagte das Brillenmännchen, »von Lilien steht auch nichts in meinem Buche. Ich suche ein Sandkorn, verstehen Sie, ein ganz bestimmtes Sandkorn, wie es meine Kollegen noch nicht gefunden haben. Stören Sie mich nicht.«

Und das Brillenmännchen schnüffelte unangenehm und streckte den kleinen Kopf mit der großen Brille bedrohlich nach allen Seiten.

»Ich liebe diese Lilie! Ich stelle mich mit meiner ganzen Feuchtigkeit vor die Dame meines Herzens!«, quakte der Frosch und tat den Mund unbeschreiblich weit auf.

»Hindern Sie meine wissenschaftlichen Beobachtungen nicht, und machen Sie sich kalte Umschläge«, sagte das Brillenmännchen.

»Ist es nicht eine Taktlosigkeit, einem Frosch zu sagen, dass er kalte Umschläge machen soll?«, fragte die Kröte, »ein Frosch ist froschkalt, und was sollen da die kalten Umschläge? Ist ein Frosch aber einmal warm geworden und liebt er eine weiße Lilie, dann ist er kein Frosch mehr, sondern ein Dichter, und das ist sehr traurig für die Familie. Oh, mein armer, nasser Neffe! Doch diese ekligen Brillenmännchen sollte nun endlich der Maulwurf fressen.«

Die Kartoffel wusste nicht, ob sie etwas sagen oder ob sie lachen solle. Die kalten Umschläge erschienen ihr zu kompliziert.

Der Frosch sagte gar nichts mehr. Aber er handelte. Er packte das Brillenmännchen und warf es drei Beinlängen von sich und der weißen Lilie fort. Das schwere Buch warf er hinterdrein. Und dazu lachte er laut und quakend. So heldenhaft macht die Liebe zu einer weißen Lilie einen feuchten Frosch, und das ist schon etwas wert, wenn es auch nicht das Richtige ist für den Froschlaich und so weiter.

Das Brillenmännchen aber machte sich gar nichts draus.

»Hurra«, schrie es, »jetzt habe ich das richtige Sandkorn gefunden!«

Und kaum hatte es das gesagt, so fiel es in ein Mauseloch. Die Kröte krabbelte eilig darauf zu, um dem Brillenmännchen behilflich zu sein. Sie war eine sehr gutmütige alte Dame, und die Weisheit des Lebens hatte sie gelehrt, auch denen behilflich zu sein, die eklig sind.

»Darf ich Ihnen nach oben helfen?«, fragte sie teilnahmsvoll und guckte in das Mauseloch hinab.

»Ich bin gar nicht nach unten gekommen, sondern nach oben«, sagte das Brillenmännchen aus dem Mauseloch heraus, »ich habe das richtige Sandkorn gefunden und bin am Ziel meiner Forschungen angelangt. Hier sind auch schon zwei andere Kollegen, und wir gründen zusammen eine Akademie.«

Die Brillenmännchen fallen nämlich alle zuletzt in ein Mauseloch, nur bilden sie sich ein, dass sie dabei nach oben gekommen sind, und wenn sie andre Brillenmännchen darin finden, dann gründen sie eine Akademie. Das ist ein wahres Glück für uns, denn wenn die Brillenmännchen nicht in die Mauselöcher fielen, sondern alle oben blieben, dann wäre es im Garten der Welt überhaupt nicht mehr auszuhalten.

»Oh, du weißes Lilienwunder!«, quakte der Frosch und sank vor der Lilie in die schlüpfrigen Knie.

Als die Kartoffel hörte, wie der Frosch von einem weißen Lilienwunder quakte, musste sie so lachen, dass die Erde um sie herum locker wurde.

Die Kröte glättete ihr den Boden wieder, so wie man jemand auf die Schulter klopft, der sich verschluckt hat.

»Sie sind wirklich zu primitiv, gnädige Frau«, sagte sie. »Gewiss ist das ein etwas überschwänglicher Ausdruck, und ich fürchte beinahe, dass mein armer Neffe ein Dichter werden wird und kein richtiger Frosch, und das wäre sehr traurig für die Familie. Aber es ist doch etwas Seltsames um die Lilien, die so weiß sind und so schnell verwelken. Und wenn man so bedenkt, dass sie unsere nächsten Nachbarn gewesen sind, und wir eigentlich nicht viel davon bemerkt haben. Sehen Sie nur, es ist bald aus mit ihr – oh, du mein armer, nasser Neffe!«

Die Kröte atmete voller Erregung und machte glucksende Bewegungen mit der Kehle.

»Ja, sehr bedauerlich«, sagte die Kartoffel, »nun ist der ganze Aufwand umsonst gewesen. Eine Kartoffel ist doch dauerhafter und lebt wenigstens in ihren Knollen weiter.«

Die Lilie hatte die welken Blütenblätter gesenkt. Aus dem verglimmenden Gold ihres weißen Kelches aber schwebte der Lilienelf auf seinen Falterflügeln zum Flug in die Unendlichkeit – empor zu den Sternen der Nacht und zur silbernen Sichel.

Es blühen so viele weiße Lilienwunder im Garten der Welt. Nur die Brillenmännchen merken nichts davon, und die Kartoffeln lachen darüber. Vielleicht ahnen sie die Kröten, wenn sie alt und weise werden, und die Frösche, wenn sie jung sind und lieben. Aber schauen kann man sie nur, wenn man die lichten Strahlen sucht, auf denen die Geheimnisse des Himmels und der Erde sich verschwistern, und wenn man sehnsuchtsvoll die Arme ausbreitet nach den Sternen der Nacht und nach der silbernen Sichel.

Und dazu muss es dunkel werden im Garten der Welt.

SCHLOSS ELMENOR

Irgendwo – auf einer weiten, menschenleeren Heide liegt Schloss Elmenor. Graue Nebel kriechen langsam um graue Mauern, an denen viele Geschlechter gebaut haben, auf den trotzigen Türmen knarren die Wetterfahnen, und die alten Bäume im Park neigen ihre Kronen und flüstern im Abendwind. Ein grüner, sumpfiger See schließt Schloss Elmenor ein, wie ein smaragdener Ring, und in seinem farbigen Glase spiegeln sich die alten Tore und Türme wie ein Schatten ihrer selbst. Um die verfallenen Bogenfenster aber ranken sich wilde Rosen. Niemand schaut mehr aus diesen Fenstern hinaus, es ist ganz still und ganz einsam geworden auf Schloss Elmenor, noch viel stiller und einsamer als auf der weiten, menschenleeren Heide.

Nur um Mitternacht huscht ein scheuer Schein von flackernden Kerzen von Fenster zu Fenster – es ist nicht geheuer darin, sagen die Leute, die ferne davon auf der weiten Heide wohnen – das sind die irren Lichter von Elmenor. Aber es weiß niemand Bescheid darum, denn es mag niemand hineingehen, und Schloss Elmenor schläft einen langen Schlaf, schon weit über hundert Jahre.

Das ist nicht immer so gewesen. Einmal war junges Leben in den verlassenen Hallen, Musik und Tanz in den Sälen, und Blumenduft und leises Lachen in den verschwiegenen Kammern. Das war bis zu jener Nacht, als der schwarze Kavalier auf Schloss Elmenor kam und sich ungebeten an den Tisch setzte. Von jener Nacht will ich erzählen, weil das eine merkwürdige Geschichte ist – merkwürdig schon darum, weil eine solche Geschichte sich oft begeben hat und sich immer wieder begeben kann.

Denkt daran, ihr Heutigen und ihr Kommenden. Denn es gibt überall so viele alte, dunkle Häuser, und es gibt in ihnen so viele flackernde Kerzen um Mitternacht – wie die irren Lichter von Elmenor.

Jene Nacht aber, in welcher der schwarze Kavalier nach Schloss Elmenor kam, war eine kalte, düstere Herbstnacht und es war am Vorabend von Allerseelen. Der Regen hing an den nassen Mauern und weinte in langsam fallenden Tropfen von den welken Blättern im Park. Ein dicker grauer Nebel lag auf der Heide draußen, und das alte Schloss stand mitten darin wie eine verschwimmende Schattenzeichnung aus einem wirren Traumland.

Drinnen aber, im Saal neben der Schlosskapelle, saßen Damen im Reifrock und gepuderter Perücke und Kavaliere in seidenen Kniehosen, den Galanteriedegen durch den Rock von buntem Samt gesteckt. Das waren die Gäste der Marquise von Elmenor.

Die feinen Möbel mit den zierlich geschweißten Beinen und den goldenen Beschlägen nahmen sich ein wenig sonderbar aus zwischen den dicken, plumpen Mauern – wie ein lockeres Liebeslied in einem Gefängnis. Die Zeit der Aufklärung war gekommen, die grauen Wände von Elmenor hörten nicht mehr Beten und Schwören und Fluchen wie einst, sondern weiches, girrendes Frauenlachen und die spitzen Bonmots aus der Residenz.

»Mon Dieu, was ist das für eine Nacht«, sagte der alte Graf und humpelte auf dürren, gichtischen Beinen an den Kamin, um das Feuer mit der Ofenzange anzufachen, »der Sommer ist vorüber, im nassen Park kann man keine Pfänderspiele mehr aufführen. Überall welke Blätter, es erinnert sehr peinlich an die Auflösung.«

»Trinken Sie Burgunder«, sagte die Marquise von Elmenor gleichgültig, »es ist gut für Ihr Alter. Unser Sommer ist auch vorüber, mon ami.«

»An so etwas denkt man nicht, meine Liebe«, sagte der Graf, »und wenn man es denkt, so redet man besser nicht davon. Wir müssen nach Paris, ma chère, hier ist es wenig amüsant geworden. Ich glaube, wir sehen noch Gespenster in dem alten Kasten, wenn wir hierbleiben.«

»Es spuckt nicht im Zeitalter der Aufklärung, Monsieur«, sagte die Marquise gelangweilt, »das sollten Sie doch eigentlich wissen. Unsere Philosophen schreiben gelehrte Exkurse über die Vernunft, und Sie reden von Gespenstern. Das ist ennuyant, mein Herr.«

»Es soll ein Mann hier umgehen, mit dem Kopf unter dem Arm, aus der Zeit der Kreuzzüge«, sagte eine junge Dame vorlaut.

»Hören Sie. Das ist ein Urahn von Ihnen, Marquise«, sagte der alte Graf bedenklich.

»Sie verleugnen Ihre eigne Familie, das ist nicht nett von Ihnen, Madame.«

»Pas grande chose, ich habe noch heute Kavaliere ohne Kopf im Hause«, sagte die Marquise maliziös.

»Sie werden bissig, teure Freundin«, sagte der Graf,«das sollten Sie nicht sein. Als Sie jung waren, haben Sie mich nicht so behandelt. Mon Dieu, die Zeit vergeht. Womit habe ich das verdient? Ich, der Ihnen immer zu Füßen lag, Marquise?«

»Als Sie jung waren, hatten Sie noch keine Gicht und sprachen nicht so dégoûtant von Auflösung und von Gespenstern, sondern von angenehmen Dingen, die durchaus anderer Art waren.«

»Ich kann es übrigens gut verstehen, dass der Mann ohne Kopf herumgeht. Wahrscheinlich hat er den Verstand verloren«, sagte der alte Graf und seufzte, »als Sie noch jung waren, liebe Freundin, und noch nicht Rouge auflegten ...«

»Wie ungalant«, sagte die Marquise und klappte verärgert mit dem Fächer.

Die jungen Damen lachten.

»Was ich eigentlich sagen wollte, Marquise, ist aber viel galanter. Ich wollte sagen – als Sie noch jung waren und noch nicht Rouge auflegten, habe ich auch um Ihretwillen den Verstand verloren.«

»Kleinigkeiten verliert man leicht«, sagte die Marquise, und diesmal lachten die Kavaliere.

Der Graf lenkte ab. »Der Mann ohne Kopf ist aus Ihrer Familie, also seien Sie nicht so herzlos. Auch war er ein Kreuzfahrer, und Sie sollten mehr Respekt davor haben, Madame!«, sagte er.

»Unter einem Kreuzzug kann ich mir heute nicht viel mehr vorstellen«, sagte die Marquise, und ihr Reifrock raschelte kokett und fündig, »wenn ich mir, par exemple, denken soll, dass Sie, lieber Graf, sich heute zu einem Kreuzzuge rüsten wollten – incroyable, nicht wahr?«

»Sie haben recht, liebste Freundin«, sagte der Graf, »ich trage zwar seidene Wäsche, aber bei einem Kreuzzug würde ich mir ganz bestimmt den Schnupfen holen.«

»Wir wollen die arme Seele schlafen lassen und ihr angenehme Ruhe wünschen«, sagte jemand, »auch wenn sie so taktlos ist, dazwischen mit dem Kopf unter dem Arm unter uns spazieren zu gehen.«

»Wir wollen an sie denken, morgen ist Allerseelen«, sagte das Fräulein von Elmenor leise, und irgendwie war es ihr, als liefe ein Schauer über sie.

»Mon Dieu, mein Kind«, sagte die Marquise, »du wirst sentimental. Allerseelen ist für arme Leute, die noch daran glauben. Es gibt keine Seele, ma chère, bloß die Vernunft, den Esprit. Voilà tout. Man lebt und man liebt. Nachher ist es aus. Je mehr man liebte, umso mehr hat man gelebt. Der Tod versteht nicht zu küssen.«

»Die Lehre von der Seele ist Spielzeug«, sagte der Graf, »aber sehr brauchbar pour la politique, sehr nötig für die Canaille. Wenn die Canaille nicht daran glauben wollte, so würde sie uns alle über den Haufen rennen. Ein Schafott ist schnell gebaut.«

»Fi donc«, sagte die Marquise, »wie unappetitlich!«

»Wenn eure Seelen Spielzeug sind, verpfändet sie!«, rief jemand, aber es war eine fremde Stimme, und man wusste nicht, wer diese Worte gesagt hatte. Das war auch gleichgültig, der Gedanke war hübsch.

»Ja, ein Pfänderspiel!«, riefen die Damen und Kavaliere.

»Wofür verpfänden Sie Ihre Seele, Marquise?«, fragte der alte Graf.

»Für eine Stunde der Jugend«, sagte die Marquise und lächelte mit geschminkten Lippen, »und Sie, mon ami?«

»Einstmals – für ein Strumpfband von Ihnen, teuere Freundin. Aber das ist nun impossible. Heute, vielleicht, um eine Flasche Burgunder. Vielleicht auch nicht. Kann man überhaupt etwas verlangen, wenn das Pfand nichts wert ist? Pour une bagatelle?«

»Würden Sie auch Ihre Seele verpfänden, Monsieur?«, fragte das Fräulein von Elmenor den Kavalier, der neben ihr saß.

»Zehnmal, mein Fräulein«, sagte er, »um die Rose von Ihrer Brust.«

»Das ist sehr kühn, mein Herr. Wissen Sie nicht, was das bedeutet?«

»Das bedeutet einen Kuss in einer verschwiegenen Kammer«, sagte der Kavalier und neigte sich nahe zu ihr.

»Sie sind sehr dreist, und ich habe nicht gefragt, um eine Antwort zu bekommen. Auf solche Fragen antwortet man nicht. Sie sind ein Fant, mein Herr, ich habe keine Lust, Ihnen meine Rose zu schenken. Et puis – wenn die Seele nur eine Bagatelle ist, so bieten Sie ja auch nichts für einen Kuss. Und ist eine Liebe ohne Seele überhaupt eine Liebe?«

»Wenn die Seele aber doch eine Bagatelle ist«, sagte der Kavalier, »was soll sie dann bei der Liebe, mein Fräulein?«

»Ich weiß es nicht«, sagte das Fräulein von Elmenor und lachte, »vielleicht haben Sie recht. Mama sagt es ja auch. Ich werde es mir überlegen. Wir wollen sehen – nach Mitternacht.«,

»Oh«, sagte er beglückt, »nach Mitternacht?«

»Wer weiß, was nach Mitternacht sein wird«, sagte das Fräulein von Elmenor, »Mitternacht ist bald.«

»Es wird kalt im Salon«, sagte die Marquise und fröstelte, »es zieht so abscheulich aus der alten Kapelle nebenan. Die Tür muss sich geöffnet haben. Diese düstere Kapelle schockiert mich überhaupt schon seit Langem.«

»Vielleicht sitzt der Mann ohne Kopf darin«, sagte der Graf, »wir wollen die Türe schließen, wir wollen sie ganz schließen – pour toujours. Wir brauchen die alte Kapelle mit dem ungesunden Grabeshauch nicht so nahe an unserem eleganten Salon. Wir echauffieren uns nicht mehr um unser Seelenheil. Voilà!«

Er schloss die Türen zur Kapelle, öffnete das Fenster, an das der Regen schlug, und warf den Schlüssel in weitem Bogen hinaus in den dunklen, schlammigen See.

Die Damen und Kavaliere klatschten Beifall.

»Nun wollen wir ein Menuett tanzen!«

»Die Flöte liegt auf dem Spinett. Wer von den Herren spielt uns auf?«

Als der Graf sich umwandte, schien es, als wenn das Zimmer dunkler geworden wäre. Die Kerzen flackerten ängstlich, Schatten huschten an den Wänden, und die kunstvolle Pendule auf dem Kaminsims schlug mit feinen, silberhellen Schlägen Mitternacht.

Am Platz des Grafen aber, ganz oben am Tische, saß der schwarze Kavalier.

Er war ungewöhnlich groß und hager und ganz in Schwarz gekleidet. Die dürren, langen Beine steckten in schwarzseidenen Kniehosen, ein schwarzer Rock umschloss eine Gestalt, die mehr einem Gerippe als einem menschlichen Körper glich, und auch sein Degen lag in schwarzer Scheide. Aus den zarten Spitzen der Ärmel ragten magere Hände hervor, knochig und von einer beinahe weißen Blässe. Die gleiche Farblosigkeit zeigte sein Gesicht, das fast an einen Totenkopf erinnerte. Die Augen ruhten tief in ihren Höhlen und waren groß und sehr ausdrucksvoll. Eine unheimliche Erscheinung war dieser ungebetene Gast.

Sogar die Marquise fühlte etwas wie Furcht in sich aufsteigen. Aber sie beherrschte sich.

»Monsieur«, sagte sie, »wollen Sie mir erklären, wie Sie an diesen Platz kommen? Ich habe nicht die Ehre Ihrer Bekanntschaft. Man pflegt sich der Dame des Hauses vorzustellen, mein Herr.«

Der schwarze Kavalier verbeugte sich.

»Mein Name dürfte Ihnen unwillkommen sein, Madame.«

»Wenn Sie schon ein Anonymus bleiben wollen«, sagte der Graf amüsiert, »so gestatten Sie, dass wir Ihnen eine Rolle in unserem Cercle zuweisen. Wenn Sie nicht reden wollen, wie wäre es, wenn Sie spielten? Die Flöte liegt auf dem Spinett, mein Herr. Wir wollten gerade ein Menuett tanzen.«

»Sehr gern, Monsieur«, sagte der schwarze Kavalier und lächelte. Die dünnen Lippen verzerrten sich und ließen große Zähne sehen. Es war mehr ein Grinsen als ein Lächeln.

»En avant, meine Damen und Herren«, rief die Marquise, »treten Sie an zum Tanz. Wir haben einen fremden Ritter als Spielmann – wie geheimnisvoll und romantisch, nicht wahr? Ein Menuett, Monsieur, wenn es Ihnen beliebt!«,

Sie lachte, aber sie war blass geworden unter der Schminke.

»Zu Ihren Diensten, Madame!«

Der schwarze Kavalier erhob sich. Er sah nun noch weit größer und dürrer aus als vorher und überragte alle um eine reichliche Kopflänge. Man spöttelte, aber eigentlich nur, um ein Grauen zu ersticken.

Der schwarze Kavalier trat ans Spinett, nahm die Flöte und schlug den Deckel des Klaviers hastig zu. Die Saiten gaben einen wimmernden Ton von sich, der langsam verhallte.

»Soll man Sie nicht akkompagnieren, Monsieur?«, fragte die Marquise.

»Nein, Madame. Es werden alle tanzen müssen. Auch Sie, Madame, wenn es beliebt.«

Mechanisch, willenlos, wie eine Puppe, stand die Marquise auf, und die Paare ordneten sich zum Tanz. Niemand sprach ein Wort.

Der schwarze Kavalier setzte die Flöte an die dünnen Lippen und begann zu spielen. Es war ein Menuett, und die Paare tanzten. Aber es war eine fremde Melodie, die keiner kannte. Sie war bar aller Harmonien, sie war so grässlich, so über alle Begriffe entsetzlich, dass jedem die Luft am Tanzen verging. Und doch bewegten sich alle weiter, puppenhaft und taktmäßig nach diesem Menuett des Grauens.

»Das ist ein schrecklicher Scherz, Monsieur, c'est abominable«, sagte die Marquise atemlos, mit einem letzten Rest ihrer Kräfte, »machen Sie ein Ende!«

»Das tue ich, Madame«, sagte der schwarze Kavalier und setzte die Flöte von den Lippen.

»Meine Damen und Kavaliere, mein Auftrag war, Sie in jene Kapelle zu führen. Doch Sie haben sie verschlossen und den Schlüssel im See versenkt. Das ist schlimm für Sie, aber – que faire?«

»Und wohin führen Sie uns nun?«, fragte der alte Graf, »unsere Geduld ist zu Ende.«

Der schwarze Kavalier lachte leise und hässlich.

»Lassen Sie den Degen stecken, echauffieren Sie sich nicht. Wohin ich Sie führe, meine Damen und Herren? Hat Ihnen mein Menuett das nicht verraten? In die Totengruft!«

Jemand schrie auf, leer und blechern, mit einer irren, ihm selber vollkommen fremde Stimme.

»Ist das etwas Besonderes?«, sagte der schwarze Kavalier. »Pas grande chose, n'est ce pas, Madame? Ihre Seelen leben doch weiter, oder haben Sie keine Seelen? Sie sprachen ja schon davon, was die Seele ist – ein Spielzeug, une bagatelle, nicht wahr? Nous verrons. Sie wollten nicht in die Kapelle. Eh bien, es ist auch hier sehr angenehm. Bleiben Sie hier, meine Damen und Kavaliere.«

»Was ist das für ein Spiel, Monsieur?«, flüsterte die Marquise, »das ist entsetzlich.«

»Das Spiel ist aus, Madame«, rief der schwarze Kavalier und warf ihr die Flöte vor die Füße. Die Flöte zerbrach. Das Menuett des Grauens war ihr letztes Menuett gewesen.

Da erloschen die Kerzen und der Sturm riss heulend die Fenster auf. Der schwarze Kavalier war verschwunden.

Die Chronik ließ es im ungewissen, wie der schreckliche Zufall zu erklären sei, dass der ganze kleine, intime Cercle der Marquise von Elmenor in einer Nacht verschieden war. War es ein plötzlicher, furchtbarer Schreck, der alle tödlich ergriffen hatte, oder war eine unbekannte Seuche durch eine der alten Türen geschritten und hatte den lebensfrohen Kreis mit ihren kalten Krallen dahingerafft? Der Chronist begnügte sich damit, aufzuzeichnen, dass man die Damen und Kavaliere im Salon neben der Kapelle am Morgen nach jener Novembernacht, die dem Tage Allerseelen voranging, verblichen aufgefunden habe, mit einem schwer zu beschreibenden Ausdruck des Entsetzens in den Zügen. Die Bestattung sei unter diesem unheimlichen Eindruck in großer Eile und ohne die besonderen, sonst üblichen Förmlichkeiten erfolgt. Begreiflich war es auch, dass niemand mehr nach diesem schrecklichen und geheimnisvollen Ereignis auf dem Landsitz der Marquise wohnen wollte. Schloss Elmenor war verlassen und lag im tiefem Schlafe.

Die Toten aber, die alle zusammen im Salon der Marquise gestorben waren um jene Mitternacht, als der schwarze Kavalier ihnen das Menuett des Grauens auf der Flöte gespielt hatte, die Toten von Elmenor schliefen nicht.

Sie saßen weiter auf den feinen, zerbrechlichen Stühlen mit den geschweißten Beinen und den goldenen Beschlägen, elegant und vornehm wie damals, aber mit blassen Gesichtern und, wie es ihnen selber schien, mit sehr schattenhaften Leibern und spinnwebdünnen Kleidern. Sie wussten nicht, waren sie tot oder lebendig. Sie lebten und lebten doch nicht wie einst, sie lebten gleichsam ein feineres Dasein, ein Dasein in den Seelen. Aber gab es Seelen? Das alles war unklar, seltsam gedämpft und sehr qualvoll, wenn man versuchte, es zu begreifen. Wie ein Schleier lag es um sie, und nur eines erschien ihnen notwendig und unvermeidlich: den Schlüssel zur Kapelle wiederzufinden. Es war dies wie ein Gebot an ihnen hängen geblieben von den Worten des schwarzen Kavaliers. Alles andere war wesenlos geworden, nicht mehr zu ihnen gehörig, wie ihre irdischen Körper, die sie forttragen sahen nach der Totengruft von Schloss Elmenor.

Hier, im Salon, wo der schwarze Kavalier gestanden, war das Letzte geschehen, was noch fassbar war. Alles andere griff irgendwie ins Leere, war mehr erträumt als es gelebt war. So wiederholten sie Nacht für Nacht die Bewegungen und Reden der letzten Stunde, um vielleicht von hier aus, von jenem Augenblick, bevor ein dunkler Schleier auf sie alle fiel, den neuen Boden für eine neues Dasein zu finden. Aber das fühlten sie deutlich: das alles war nichts, wenn sie nicht den Schlüssel zur Kapelle wiederfanden. Denn in die Kapelle sollten sie geführt werden, die sie sich selbst verschlossen hatten. Dies war ja der Auftrag des schwarzen Kavaliers gewesen.

So saßen sie beisammen und suchten den Schlüssel Nacht für Nacht, weit über hundert Jahre. Aber sie hatten kein Zeitempfinden mehr, und die kunstvolle Pendule auf dem Kaminsims war stehen geblieben, nur wenige Minuten nach Mitternacht, als sich der schwarze Kavalier an den Tisch gesetzt hatte.

Über hundert Jahre vergingen, und Schloss Elmenor verfiel.

Graue Nebel krochen langsam um graue Mauern, an denen viele Geschlechter gebaut hatten, auf den trotzigen Türmen knarrten die Wetterfahnen, und die alten Bäume im Park neigten ihre Kronen und flüsterten im Abendwind. Rundum war weite, menschenleere Heide.

Nur um Mitternacht huschte ein scheuer Schein von flackernden Kerzen von Fenster zu Fenster – das waren die irren Lichter von Elmenor.

Es war schon in der heutigen Zeit, als einmal ein Hirtenknabe auf der weiten, menschenleeren Heide war mit seinem Hunde und mit seinen Schafen. Es war Nacht geworden, eine weiche Sommernacht. Die Schafe hatten sich gelagert, Leuchtkäfer schwirrten durch die blaue Dämmerung, und ein Duft von Blüten hing über der Heide wie ein Märchentraum. Es war stille und friedvoll, und nur Schloss Elemnor stand drohend da wie ein dunkler Schatten. Es ging auf Mitternacht.

Der Hirtenknabe stützte den Kopf in die Hände und seufzte.

»Ich möchte mehr sein als nur ein Schäfer«, sagte er.

Der Hund wedelte freundlich und beruhigend mit dem Schwanz und legte sich zu Füßen seines Herrn auf die Heide.

»Es ist etwas sehr Großes um einen wirklichen Hirten«, sagte er, »nur sind die guten Hirten sehr selten. Wir alle aber, ich und die Schafe, wissen es und werden es zu jeder Zeit bezeugen, dass du ein echter Hirtenknabe bist.«

»Ich möchte ein Sieger sein und kein Hirte«, sagte der Knabe.

»Die wahren Sieger waren alle auch Hirten«, sagte der Hund. Die Schäferhunde wissen so sehr viel.

»Vielleicht hast du recht«, sagte der Knabe, »es ist eine sonderbare Nacht heute, und es mag sein, dass ich darum so viel über alles nachdenken muss. Es rief mich zweimal heute Abend mit einer inneren Stimme, und nun, wo es auf Mitternacht geht, ruft es mich zum dritten Male. Mir ist, als wäre es Schloss Elmenor, von wo ich gerufen werde.«

»Wenn es so ruft mit einer inneren Stimme, dann ist es eine Schwesterseele, die dich ruft, weil sie in Not ist«, sagte der Hund, »dann musst du gehen, wohin es dich ruft.«

Die Tiere sind so sehr viel klüger als die Menschen, denn sie sind oft in Not und rufen nach einer Schwesterseele, aber das werden die Menschen erst verstehen, wenn sie Hirten und Sieger geworden sind, und dann wird die Erde erlöst werden durch den heiligen Gral, denn Hirten und Sieger zu rufen, ist seine Sendung.

»Es ist nicht geheuer in Elmenor«, sagte der Hirtenknabe, »ich fürchte mich ein wenig, dort hineinzugehen. Es huscht ein scheuer Schein von Fenster zu Fenster, und es flackern darinnen Kerzen um Mitternacht.«

»Ich würde dich gerne begleiten«, sagte der Hund, »aber ich muss deine Schafe bewachen, damit du in Frieden gehen kannst. Du brauchst dich auch nicht zu fürchten, denn du bist ein Hirte mit Waffen und Wehr. Du behütest und du wirst selber behütet von anderen Hirten. Ihr seid eine geweihte Ritterschaft und auf euch hoffen Menschen und Tiere.«

Da ging der Hirtenknabe hinaus nach Schloss Elmenor.

Als er den Saal betrat, in dem die flackernden Kerzen brannten, schlug die kunstvolle Pendule auf dem Kaminsims Mitternacht, und das hatte sie nicht mehr getan seit über hundert Jahren. Um den Tisch herum aber saßen die Damen und Herren in den alten, verblichenen Gewändern, genauso wie in jener schauervollen Nacht, als ihnen der schwarze Kavalier erschienen war. Sie flüsterten miteinander und schienen etwas zu suchen.

Der Hirtenknabe sah sie nur durch einen Schleier, wie Schattenrisse mit blassen Farben, alten Gemälden ähnlich, die nachgedunkelt sind. Nur eine Gestalt hob sich leuchtender aus den anderen hervor, uns sie kam langsam und zögernd auf ihn zugeschritten. Das war das junge Fräulein von Elmenor, und dem Hirtenknabe schien es, als erkenne er jemand in ihr, den er lange vergessen und doch lange gesucht hatte.

»Bist du es, den ich gerufen habe, schöner Knabe?«, fragte sie ihn und lächelte, ein weiches, verlorenes und verträumtes Lächeln, so wie alte Pastellbilder lächeln in alten, verfallenen Häusern.

Und der Hirtenknabe sah, dass sie sehr schön war.

»Bist du es, die mich gerufen hat?«, fragte er, »dann bist du wohl meine Schwesterseele und bist in Not gewesen, weil du mich riefst.«

»Wir alle hier sind in Not«, sagte das Fräulein von Elmenor, »die anderen fühlen es nur noch nicht so tief wie ich. Wir suchen einen Schlüssel, den wir verloren haben, schon über hundert Jahre. Es ist so mühsam, hundert Jahre lang zu suchen. Es ist der Schlüssel zu jener Türe, den wir verloren haben. Sie führt in die Kapelle, und es steht ein Kreuz darin auf einem Altar. Wir haben uns selber die Türe verschlossen, und dann kam der schwarze Kavalier und setzte sich an unseren Tisch. Die anderen träumen immer noch und wissen nicht, ob sie leben oder ob sie gestorben sind, aber ich wurde wacher und wacher, und ich weiß es nun, dass wir nur durch das Kreuz auf dem Altar aus dieser Mitternacht wieder herausfinden können. Da rief ich in meiner Not nach einer Schwesterseele, dass sie uns den Schlüssel zur verschlossenen Türe suchen helfe.«,

»Ich brauche euren Schlüssel nicht zu suchen und nicht zu finden, ich bin ein Hirtenknabe, und zum Kreuz auf dem Altar steht mir jede Türe offen. Wenn die Sonne aufgeht, will ich dich dorthin geleiten.«

Das Fräulein von Elmenor sah den Hirtenknaben lange an, und ihre Augen wurden tief und lichtvoll.

»In jener Nacht, bevor der schwarze Kavalier gekommen war«, sagte sie leise, »wollte ich die Rose an meiner Brust verschenken. Aber ich tat es nicht, und ich bin froh, dass ich es nicht getan habe. Es ist nichts um eine Liebe ohne Seele. Aber heute habe ich meine Schwesterseele gefunden, und heute will ich dir meine Rose schenken. Weißt du, was das bedeutet, schöner Knabe?«

»Vielleicht weiß ich es, schöne Dame«, sagte der Hirtenknabe, »vielleicht war das schon viele Male, dass du mir deine Rose schenktest, vielleicht wird es wieder einmal sein. Wir kennen uns ja schon so lange, viele tausend Jahre.«

»Die Rose von der Brust bedeutet einen Kuss in einer verschwiegenen Kammer«, sagte das Fräulein von Elmenor und lachte. Sie lachte zum ersten Male wieder seit über hundert Jahren.

Irgendwo in der Ferne der Heide hörte der Hirtenknabe den Schäferhund bellen und er dachte an seine Herde.

»Ich werde dich einmal wieder küssen«, sagte er, »aber heute bin ich in dieser Welt, die mich ruft, und du in jener. Ich darf dich heute nur geleiten, wenn die Sonne aufgeht, nicht mehr. Dann muss ich zurück zu meiner Herde.«

»Noch ging die Sonne nicht auf – und sind wir nicht Schwesterseelen, in dieser und in jener Welt?«

»In kaum einer Stunde ist Sonnenaufgang«, sagte er.

»Auch eine Stunde kann eine Ewigkeit sein«, sagte sie, und sie nahm die Rose von ihrer Brust und reichte sie dem Hirtenknaben. Und sie küsste ihn lange, lange – eine Stunde, die eine Ewigkeit war.

Dann ging die Sonne auf über der weiten Heide und über Schloss Elmenor.

Lautlos öffneten sich die verschlossenen Türen zur Kapelle, und der Hirtenknabe führte das schöne Fräulein von Elmenor an den Altar mit dem Kreuz darauf. Hier küssten sie sich zum letzten Male auf der Schwelle von dieser zu jener Welt.

Um sie herum standen die Damen und Herren aus jener Nacht, als der schwarze Kavalier nach Schloss Elmenor gekommen war, und wie sie mit den träumenden Schattenaugen die Sonne über dem Kreuz erblickten, war es, als ob sie sich langsam auflösten und in klaren, durchleuchteten Gestalten über eine Brücke von Rosenranken am Fenster hinaufschritten, ins Morgenlicht hinein. Ihnen allen voran aber schritt der schwarze Kavalier – friedvoll und freundlich und in einem Kleide von Sonnengold.

Die letzte Gestalt, die der Hirtenknabe im Morgenlicht verschwinden sah, war das schöne Fräulein von Elmenor. Sie wandte sich noch einmal nach ihm um und sah ihn lange an mit den Augen der Schwesterseele.

Dann stand er allein in der alten Kapelle. Die Sonne spielte um

Altar und Kreuz, und er hielt eine rote Rose in der Hand. In weiter Ferne läutete eine Glocke. Da ging der Hirtenknabe zu seiner Herde zurück.

Der Hirtenknabe hat niemals gefreit. Aber er wurde aus einem Hirtenknaben ein großer Hirte und ein Sieger, und er hütete die Seelen der Menschen und der Tiere. Er wanderte stille und einsame Wege, die sehr beschwerlich waren. Aber die rote Rose von Elmenor trug er immer auf seinem Herzen. Und er harrte geduldig auf den Tag, an dem dieses Pfand wieder eingelöst würde von seiner Schwesterseele in einem anderen Land.

Das ist die Geschichte von Schloss Elmenor.

Ihr Heutigen und ihr Kommenden, hütet die Seelen der Menschen und die Seelen der Tiere, sucht auf allen Wegen die Schwesterseele und baut ihnen Sonnenbrücken zwischen dieser und jener Welt.

Und wenn ihr den Toten begegnet, ihr Heutigen und ihr Kommenden, und sie haben sich die Türen zum Heiligtum verschlossen – seid ihnen friedvolle Hirten und führt sie behutsam aus den verfallenen Mauern und den Schatten vergangener Zeiten zum Kreuz auf dem Altar und über die Rosenranken ins Morgenlicht hinein.

Die Welt ist so sehr verworren. Es gibt überall so viele alte, dunkle Häuser, und es gibt in ihnen so viele flackernde Kerzen um Mitternacht, wie die irren Lichter von Elmenor.

Ihr Heutigen und ihr Kommenden, werdet Hirten und werdet Sieger, auf dass die Erde erlöst werde durch den heiligen Gral. Denn Hirten und Sieger zu rufen, ist keine Sendung.

Michaels Verlag & Vertrieb GmbH
Ammergauer Str. 80 - 86971 Peiting, Tel.: 08861-59018
Fax: 08861-67091, e-mail: info@michaelsverlag.de
Internet: www.michaelsverlag.de

Kyber, Manfred
Märchen
112 Seiten
ISBN 978-3-89539-636-6
€ 12,80 (D) € 13,20 (A)

Kyber, Manfred
**Küstenfeuer
Der Tod und das
kleine Mädchen**
80 Seiten
ISBN 978-3-89539-634-2
€ 9,80 (D) € 10,10 (A)

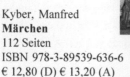

Kyber, Manfred
**Der Schmied vom
Eiland**
64 Seiten
ISBN 978-3-89539-656-4
€ 8,90 (D) € 9,20 A)

Kyber, Manfred
Nordische Geschichten
ca. 112 Seiten
ISBN 978-3-89539-637-3
ca. € 12,80 (D) € 13,20 (A)

Kyber, Manfred
**Unter Tieren
Tiergeschichten**
104 Seiten
ISBN 978-3-89539-638-0
ca. € 10,80 (D) € 9,05 (A)

Kyber, Manfred
Stilles Land
96 Seiten
ISBN 978-3-89539-640-3
ca. € 9,80 (D) € 10,10 (A)

Kyber, Manfred
**Neues Menschsein
Betrachtungen
in zwölfter Stunde**
120 Seiten
ISBN 978-3-89539-639-7
ca. € 12,80 (D) € 13,20 (A)

Kyber, Manfred
**Drei Mysterien:
Der Stern von Juda,
Die Neunte Stunde,
Der Kelch von Avalon**
96 Seiten
ISBN 978-3-89539-644-1
ca. € 9,80 (D) € 10,10 (A)